A MADAME
LA COMTESSE
DE BRIONNE

Emig. BRIENNE-VODEMONT.

CONTES MORAUX.

DE Mr. D...

CONTES MORAUX
ET
NOUVELLES IDYLLES
DE
D... ET SALOMON GESSNER
A ZURIC CHEZ L'AUTEUR.
M.DCC.LXXIII.

S. Gessner f.

PREFACE.

LEs premiers Ouvrages de Mr. Gesſner ont été reçus ſi favorablement dans les païs etrangers & ſurtout en France, qu'il ne s'intereſſe pas moins à la traduction de celui-ci qu'à l'original même. Il deſire de meriter encore une fois les ſuffrages qu'il a eu le bonheur d'obtenir chez une nation eclairée qui par des chefs d'œuvres en tout genre a acquis depuis longtemps le droit d'apprecier le merite & les talens.

L'e-

L'edition a été ſoignée par lui même. Les gravures hiſtoriques & les vignettes dont elle eſt embellie ſont de ſon invention & ont été executées de ſa propre main.

Mr. Geſsner a communiqué ſon projet aux amis qu'il a à Paris & particulierement à Mr. D... dont l'approbation lui a toujours été ſi precieuſe. Cet homme celebre a eu la bonté de lui envoyer en Manuſcript les deux Contes moraux qui precedent la traduction des nouvelles Idylles. Mr. Geſsner ſe trouve heureux de pouvoir offrir à la France un preſent qu'elle recevra ſans-doute avec plaiſir & qui ſera le monument d'une amitié que la ſeule culture des lettres a fait naitre entre deux hommes que des contrées éloignées ont toujours tenus ſeparés.

LISTE DES SOUSCRIPTEURS.

2. S. A. S. MGR. LE PRINCE D'ANHALT DESSAU.

2. S. A. R. MAD. LA PRINCESSE D'ANHALT DESSAU.

Mrs. le Marquis d' Aglié, des premiers Ecuyers de S. M. le Roy de Sardaigne, Colonel de Cav. & Maréchal des Gardes du Corps.

Andræa, Apothécaire à Hanovre.

2. Vinzenzo Antoine, Libraire à Bergame.

Dottore G. Celeſtino Aſtori, à Bergame.

S. A. S. ELECTORALE MGR. L'ELECTEUR DE BAVIERE.

S. A. S. MAD. L'ELECTRICE DE BAVIERE.

S. A. S. MGR. LE MARGRAVE DE BADE.

S. A. S. MAD. LA MARGRAVE DE BADE.

Mrs. Baader, Peintre du Pr. Evêque d'Eichſtedt, à Paris.

de Back, Conſeiller de la Ville d'Utrecht.

2. Félix de Balthaſar, Conſeiller, à Lucerne.

Bardin, Libraire à Geneve.

de Barry, Seigneur Bourguemaitre de la Republ. de Bâle.

10. Bauer & Compagnie, Libraires à Strasbourg.

Joſeph Beltromelli à Bergame.

2. le Comte de Bentink, Seign. de Rhoon &c. Préſident du Corps des Nobles de la Province de Hollande &c.

Mad. la Comteſſe douairiere de Bentink, Dame de Varel &c.

le Baron de Berberich, à Munic.

van Berchem, Gentilhomme Hollandois.

de Berger, Conſ. d'Etat & Médecin du Roi, à Copenhague.

le Baron J. A. S. de Beroldinguen, Chanoine de Spir & Hildesheim.

de Berſy, Maitre des Requetes honor. à Paris.

12. Mrs. de Betzky, Chevalier des Ordres de Ruſſie, Conſeiller privé & Chambellan actuel de Sa. M. Imp. de toutes les Ruſſies, & Préſ. de l'Acad. des Beaux Arts.

l'Abbé Beurard, Chanoine de Toul, à Paris.

la Bibliotheque publique de la Republ. de Geneve.

— — — de l'Univerſité Royale, de Turin.

2. le Baron de Bigot, grand Maitre de la Cour de S. A. S. Mgr. le Prince d'Orange & de Naſſau, Lieut. Général de Cavallerie & Gouverneur de Willemsſtadt &c.

Birkel, à Lyon.

Abr. Bluſſé & Fils, Libraires a Dordrecht.

Madame de Loys de Bochat, à Lauſanne.

Boers, Avocat de la Compagnie des Indes, à Amſterdam.

Mad. la Baronne de Bœtzelaer, née Baronne de Aerſen, de Voshol. &c.

de Bois Roger, Officier au Corps royal d'Artillerie à Metz.

Mlle Bondely a Berne.

Boſſet d'Eluſe, à Neufchâtel.

Boucard, Avocat à Turin.

S.A.S. MAD. la PRINCESSE de BOUILLON, née Princ. de Heſſe Rhinſ. à Paris.

Brandes, Conſ. Aul. a Hanovre.

Lorenzo Brini à Bergame.

Robert Brown, D.D. Miniſter of the English Church at Utrecht.

2. Brunck de Frundeck, Commiſſaire de Guerre de Strasbourg.

Brunyer, Médecin de l'Hopital milit. à Metz.

Jean Burcli, a Zuric.

le Chanoine Gh. Calepio, à Bergame.

Madame la Comteſſe Capodiliſta à Padoue.

François Careano à Milan.

de Caumartin de St. Ange.

Cayla, à Geneve.

Mrs. le Duc de Caylus, à Paris.
le Comte Maurice Challant de Challant, à Turin.
de la Chenal, Doct. en Méd. à Bâle.
van Citters, Confeiller de la Ville de Middelbourg.
Mlle Marie Elifabeth Coffel, à Hambourg.
Coudere, de Lyon.
de Couette, de l'ordre mil. de St. Louis, à Metz.
Gd. Councler, à Geneve.
Gabriel Cramer, à Geneve.
Mgr. le Prince Adam C'zatorinski, Général de Podolie.
J. Daller, à la Haye.
Decker, Imprimeur du Roy à Colmar.
Deinet, Conf. de S. A. S. Mgr. le Prince de Waldeck, à Frankfort.
Delion, à Paris.
Mad. Destouches, à Paris.
J. J. Detournes, Auditeur, à Geneve.
Dittliguer, Avocat, à Berne.
Jean Dollfous, Négociant à Mulhaufen.
Cafimir Donaud, Avocat, a Turin.
Mad. Dovet, a Paris.
2. Dufour, Libraire à Maftrich.
Felix Durando, Comte de Ville, a Turin.
Eck, Profeffeur, à Leipzig.
Jean Eck, Négociant a Mullhaufen.
4. Eckendorfer, Libraire à Frybourg.
2. d'Erlach de Jegiftorf, à Berne.
Mad. Efcher née Ufteri, de Zuric, à Lyon.
d'Efcher, à Zuric, Lieut. Général au Service de LL. HH. PP.

Mrs. J. C. d'Efcher, à Zuric.

Sal. Efcher, a Zuric.

Mad. la Ducheffe d'Efwille, à Paris.

Eynard, à Lyon.

Charles Jerome Falletti, Marquis de Barol, à Turin.

Dominique de Fanti, à Milan.

de Farges, à Paris.

Fauft, Ammeiftre regent de la Ville de Strasbourg.

ô Feral, à Leipzig.

4. le Comte de Finkenftein, Conf. de la Juftice, à Königsberg.

Finguerlin à Lyon.

le Comte de Firmian, Minift. plenip. de S. M. J. R. Chev. de l'Ordre (de la Toifon d'Or.

Fifcher, Baillif de Cerlier, à Berne.

Emmanuel Flon, Libraire à Bruxelles.

le Cheval. de Folard, Envoyer extraord. de France a la Cour de Baviére.

Henri Fuefsli, à Zuric.

Nazario Viani Gagliardelli, à Bergame.

le Prinze Gallizin, Envoyé extr. de Ruffie, à la Haye.

Giam Battifta Galizioli, à Bergame.

le Baron de Gall, Grand Echanfon & Colonel com. du Reg. de S. A. S. Mgr. le Prince hered. de Heffe, à Hanau.

Pl. Gallatin, Avocat, à Geneve.

M. D. Fr. Gauffen, à Geneve.

le Marquis de St. Germain, premier Ecuyer de S. A. R. le Prince de Piemont, à Turin.

Antonio Giambarini, à Bergame.

Dottore de Matteo Giurniga, à Bergame.

3. van Goens, Conf. de S. M. Imp. R. Ap. Profeffeur à l'Univ. d'Utrecht.

Mlle van Goens, á Middelbourg.

Mlle Louise Gontard, à Francfort ſur le Main.

Mrs. J. J. Gonzenbach, Seign. de Haubtwyl.

François Graſſet, Libraire à Lauſanne.

Grenus, à Lyon.

Fr. Ch. Greum, Conſeiller de la Chambre de Finances de l'Illme. Maiſon de Linange & Dabo, à Strasbourg.

de Grimm, Secret. de Commendem. de S.A.S. le Duc d'Orleans, à Paris.

Groſs, à Berne.

Grothe, Chanoine du Chap. de St. Gean, à Utrecht.

Grouner, Baillif à Zofinguen, de Berne.

S. A. S. MGR. LE LANDGRAVE REGNANT DE HESSE-CASSEL

S. A. S. MAD. LA PRINCESSE CHARLOTTE DE HESSE.

2. S. A. S MAD. LA LANDGRAVE DE HESSE-DARMSTADT.

S. A. S. MGR. LE PRINCE HERED. DE HESSE. COMTE REGN. DE HANAU.

S. A. S. MAD. LA LANDGRAVE DE HESSE-HOMBOURG.

S. A. S. MAD. LA PRINCESSE EMANUELE DE HESSE-ROTHEMBOURG.

S. A. S. MAD. LA PRINCESSE CLEMENTINE DE HESSE-ROTHEMBOURG.

Mrs. le Baron de Hack, à Francfort ſur le Main.

Henri Heidegguer, à Zuric.

J. Conrad Heidegguer, Fils, à Zuric.

le Comte Sigismund d'Heimhauſen, de Munic.

Jean Heinzelmann, Négociant a Veniſe.

Heſs, à Zuric, Colonell Cap. aux Gardes Suiſſes de S. A. S. Mgr. (le Prince d'Orange.

Heſs, à Zuric.

Heſs, Directeur des Poſtes, à Zuric.

Henri Hirzel, à Zuric.

Honnerlag, à Genes.

le Comte de Hoym.

Jr. Huber, ancien Auditeur, à Geneve.

Mrs. van der Hulst, à Utrecht.

Jacobi, Conseiller aulique à Dusseldorf.

le Comte Alexandre Japarel de Lagnasque à Turin.

Jeaneret à Grandson.

4. Wolfgang Juvalta, à Marchlins.

le Baron de Kallisch, à Leipzig.

J. Gasp. Keller, Conseiller d'Etat, à Zuric.

J. Conrad Keller, à Zuric.

J. Gasp. Keller, à Zuric.

le Comte de Kinigl, Chambellan de L. L. M. M. Imp. Roy. Apost.

Koch, Professeur, à Strasbourg.

Kruthofer, Secretaire de Mr. le Comte de Mercy Argenteau, à Paris.

Krzusky, à Leipzig.

Kund, à Leipzig.

Jaques Kunhans, à Zuric.

Laget, Etudiant en Theol. à Geneve.

van Lanckom, pr. ordre de Mr. van Dyck.

Lavater, Greffier de la chambre de Justice, à Zuric.

Mlle Lebas, à Paris.

Mad. la Baronne de Lerchenfeld Suslach, née Comtesse d'Haslang.

Mr. le Baron Joseph de Leyden, Conf. Int. de S. A. E. de Baviére, & son Envoyé aux Cours Electorales du Rhin.

J. Leypold, à Strasbourg.

V. Lienau, Negociant à Bourdeaux.

Phil. Jac. Lobstein, à Strasbourg.

2. Francesco Locatelli, Libraire à Bergame.

de Lochmann, à Zuric, Commandeur de l'Ordre du Merit. milit. & Maréchal de Camp es Armées de Sa. M. T. Cr.

S. A. S. Mgr. le Prince Charles de Meklenbourg-Streliz.

3. Mrs. Maldovall, Gentilhomme Anglais.
Leonardi Marini, Peintre, à Turin.
de Martines, Lieutenant de Marine.
le Capitaine de Marval, de l'Ordre du Merite mil. à Neufchâtel.
le Major de Mavelave, Gouverneur de Mgrs les Princes de Wirtemb.
de Mechel, Graveur, à Bâle.
Henri Meiſter de Zuric, à Paris.
Mad. la Générale de May, née Morlot, à Berne.
Mey, de Romain motiers à Berne.
Meyer, Seigneur Bourguemaitre de la Republ. de Schafhouſe.
4. Felix Meyer, a Winterthour.
J. Gaſp. Meyer, à Zuric.
Paul Meyer, Apothicaire, à Zuric.
Mlle Meiners, à Middelbourg.
Mingard, Miniſtre, à Lauſanne.
S. Moliere, à la Haye.
Francés de Montval, à Paris.
le Comte de Moreton Chabrillan. Cap. au Reg. de Conti Cavalerie.
Fr. Louis Morlot, Collonel, Baillif de Biberſtein, à Berne.
4. le Chevalier Charles Morris, Anglois.
Moultou, à Geneve.
Charles Gottlob Muller, à Leipzig.
Fr. Müller, Miniſtre, à Zuric.
J. Henri de Muralt, Negociant, à Zuric.
Mad. Necker, à Paris.
Mad. la Ducheſſe de Northumberland, à Paris.
Neuviller, à Lyon.

3. S. A. S. Mgr. le Prince d'Orange et de Nassau, Stadhouder hered. des Provinces unies &c.

S. A. R. MAD. LA PRINCESSE D'ORANGE ET DE NASSAU, &c.

Mad. Ochs, à Bâle.

Mrs. Orell, Conſeiller d'Etat, à Zuric.

2. Orell, chargé des affaires de France, à Zuric.

100. Orell, Geſsner, Fueſslin & Comp. Libraires à Zuric.

2. Oſterwald, à Neufchâtel.

J. Gaſp. Ott, Tribun, à Zuric.

S. A. S. L'ELECTEUR PALATIN.

Mrs. van de Perre, Conſeiller de la Cour de Flandres.

Perenot, Conſeiller & Intendant de S. A. S. Mgr. le Prince Stadhouder à Calembourg.

le Comte de Pertingue, Reformateur à l'Univerſité Royale de Turin.

J. R. Peſtalozza, Fils, à Zuric.

Peyer, Capitaine & Directeur des Poſtes, à Schafhouſen.

de Pikamilh de Cazenove, Secretaire d'Ambaſſade, à Soleure.

le Baron de Poellnitz, Seigneur de Montrichet.

Mad. la Barone de Poellnitz de Montrichet.

le Comte G. Franceſco Ponzoni, à Cremone.

Prevoſt, Avocat, à Geneve.

Prieur, à Paris.

Henri Rahn, Baillif, à Zuric.

J. C. Rahn, Docteur en Médecine, à Zuric.

Mad. la Baronne de Reding d'Emishofen, à Lucerne.

Mad. la Baronne Auguſte de Reizenſtein, à Munic.

Albert Revelli, à Turin.

6. Rey, Libraire à Amſterdam.

André Rigaud, à Geneve.

Jaques Rignon, à Turin.

Rilliet, Avocat, à Geneve.

Mrs. J. L. Robillard, à Geneve.

le Baron de la Roche, Conſ. int. de S. A. S. Mgr. l'Electeur de Tréves, à Coblence.

Rodt, Baillif de St. Jean, à Berne.

Roël, Gentilhomme Hollandois.

le Comte Charles Romilli, à Bergame.

Roosmale, Conſ. de la Cour provinciale de Juſtice, à Utrecht.

Rottmanner, Licencié en droit, à Munic.

Mlle de Rouſſillon, Dame d'Honneur de S. A. S. Mad. la Ducheſſe douariere de Deuxponts, à Kayſerslauter.

le Baron de Rouwenoort, Seigneur de Lange, du Corps des Nobles de la Prov. de Gueldres &c. &c.

S. A. R. MGR. LE PRINCE DE SAXE, ELECTEUR DE TREVES.

S. A. R. MAD. LA PRINCESSE CUNIGUNDE DE SAXE.

Mrs. Saillant & Nyon, Libraires à Paris.

le Comte de Saluçes, des Ecuyers de S. A. R. le Pr. de Piemont, à Turin.

Frédric Rod. Salzmann à Strasbourg.

de Sauſſure, Profeſſeur, à Geneve.

de Schachmann, à Leipzig.

Scherb, Syndic de la Nation Suiſſe, à Lyon.

Scherer, de St. Gall, à Lyon.

Daniel Scherer, à Lyon.

Henri Schinz, Miniſtre du St. Ev. à Altſtetten, de Zuric.

J. H. Schinz, à Zuric.

Schinz, Doct. en Med., à Zuric.

J. Jaques Schmalzer, Négociant à Mulhouſe.

3. Schoonhoven & Compagnie, Libraires à Utrecht.

6. Schramm & Kerſtens, à Hambourg.

Leonard Schulthefs, Negociant, à Zuric.

Schulthefs de Zuric, Miniſtre du St. Ev. à Neufchâtel.

Mrs. J. Henri Schulthefs, Negociant, à Zuric.
Schumacher, Conf. de Conference, à Copenhague.
Ange Scozia, Comte de Pin. à Turin.
Perponcher de Sedlnitzki, Confeiller de la Ville d'Utrecht.
le Comte Max. de Seinsheim, Chambellan, à Munic.
Mad. la Comteffe de Seinsheim, née Comteffe de Hoeneck, à Munic.
le Baron de Serviete, Page du Roi, à Paris.
de Singedonck, Major de Cavalerie, au Serv. de L.L. H.H. P.P.
2. la Societé Typographique à Berne.
MAD. LA PRINCESSE DE SOUBIZE.
W. D. Soulzer, Chanceiller, à Winterthour.
J. Jaques Spielmann, à Strasbourg.
Bartelemi Spindler, de St. Gall.
Lord Comte de Stanhope.
Steinbruchel, Profeffeur, à Zuric.
Henri Steiner & Comp. à Winterthour.
Stokar de Neuforn, Directeur des Poftes, à Schafhoufen.
Stokar de Neuforn, Docteur en Med. à Schafhoufen.
Sturler, Baillif de Fraubrounnen, à Berne.
Jean Strange, Chevalier, à Londres.
Amadé Suaier, à Venife.
Suitzer, Colonel de Bovanas, de Bâle.
le Comte de Tattenbach, gr. Maréchal de la Cour de Baviére.
de Teuber, à Leipzic.
Thibaut, à Middelbourg.
Im Thourn, Seign. de Gyrsberg, à Schafhoufen.
J. H. Tobler, à Zuric.
45. Jaques Tolmetta., de Cofmopoli.
le Comte Ant. de Thöring Seefeld, à Munic.

Mrs. le Comte Max. de Thöring Seefeld, à Munic.

2. le Baron Torck, Seign. de Roofendaal &c. Deputé ordin. des Etats gen. des Prov. unies, gr. Baillif de Maftricht &c.

Mad. la Baronne Torck, Dame de Roofendaal, née Baronne de Roode, de Heckeren &c.

Pl. Ph. Torras, à Geneve.

S. A. S. MAD. LA PRINCESSE THERESE DE LA TOUR ET TAXIS, CHANOINESSE DE THORN.

le Comte de Tracy, Capit. de Caval. a la Suite des Reg. de Bourgogne.

Tronchin, ancien Procureur Général, à Geneve.

J. Tronchin, ancien Confeiller d'Etat, à Geneve.

Mad. Chambellane de Trützfchler, née Pflug, à Drefde.

Tfchifféli, à Berne.

le Baron de Tfchoudy, Chevalier de pluf. ordres, Brigadier, Gr. Major des Gardes Suiffes de Sa Mayefté Sicilienne.

Turretini, ancien Syndic, à Geneve.

J. Alph. Turretini, à Geneve.

Turretini, Avocat, à Geneve.

le Chevalier Ant. Valisnieri, Prof. d'Hift. Nat. à Padoue.

Mad. la Ducheffe de la Valliére.

Mad. de Vermenoux, à Paris.

Mefdemoifelles Marie Efter, & Louife Vernezobre, à Hambourg.

2. Vernezobre le Jeune, Negociant, à Hambourg.

Veron, Receveur gen. des Finances, à Paris.

de Vige, à Strasbourg.

le Comte Abbé Vigodarzere, à Padoue.

de Villebon, Controlleur des Domaines, à Paris.

van Vifvliet, Electeur à Middelbourg.

Samuel Vogel, Négociant à Mulhoufen.

l'Abbé de Vogué, Agent gen. du Clergé de France, à Paris.

Mrs. de Voltaire.

J. M. Usteri au Neuenhof, Negociant à Zuric.

J. Martin Usteri, à Zuric.

Usteri, Professeur, à Zuric.

Paul Usteri, Negociant à Zuric.

S. A. S. MGR. LE PRINCE REGN. DE WALDECK.

Mrs. le Baron de Waldner, Présid. de la Nobl. immed. de l'Empire du District d'Ortenau.

Wafer, Docteur en Med. à Zuric.

Alex. Louis de Watteville, anç. Baillif de Nidau, à Berne.

20. Jean Martin Weber, Libraire, à Leipzig.

2. Daniel Wegelin, Professeur, à St. Galle.

Christofle Wegelin, Negociant à Francfort sur le Main.

le Général de Weiss de Molans, à Berne.

David de Weiss de Zuric., Baillif à Kyburg.

Jean Conrad de Weiss, à Zuric.

J. George Weiss, à Lausanne.

J. Gasp. Werdmuller, Tribun, à Zuric.

J. Rod. Werdmuller, Conseiller d'Etat, à Zuric.

Wetzel, Conf. de S. A.S. Mgr. le Margr. de Brandenb. Ansp. & Bareith.

le Comte François de Whal, Chambellan, Conseiller Int. de S. A. E. de Baviére & Son Envoyé extraord. à la Cour, Imp. de Wienne.

Th. Whittle, à Geneve.

Wieland.

le Conseiller Wildermet, à Bienne.

J. George Wille, Graveur du Roy, à Paris.

Zellweguer, à Troguen.

Ziegler de Neuforn, Docteur en Médécine, à Schafhousen.

Ziegler, au Nom de la Société des Amis, à Schafhousen.

1.

S. Gessner f. 1772.

Les deux Amis de Bourbonne.

Il y avait ici deux hommes qu'on pourrait appeller les Orefte & Pylade de Bourbonne. L'un fe nommait Olivier & l'autre Félix. Ils étaient nés le même jour, dans la même maifon & de deux fœurs; ils avaient étés nourris du même lait; car l'une des meres étant morte en couche l'autre fe chargea des deux enfans. Ils avaient été élevés enfemble; Ils étaient toujours féparés des autres; ils s'aimaient comme on exifte, comme on vit fans s'en douter; ils le fentaient à tout moment, &

ils ne se l'étaient peut être jamais dit. Olivier avait une fois sauvé la vie à Félix qui se piquait d'être grand nageur, & qui avait failli à se noyer. Ils ne s'en souvenaient ni l'un ni l'autre. Cent fois Félix avait tiré Olivier des avantures fâcheuses où son caractere impétueux l'avait engagé, & jamais celui-ci n'avait songé à l'en remercier ; ils s'en retournaient ensemble à la maison sans se parler, ou en se parlant d'autre chose.

Lors qu'on tira pour la milice, le billet fatal étant tombé sur Félix, Olivier dit : L'autre est pour moi. Ils firent leurs temps de service, ils revinrent au pays : Plus chers l'un à l'autre qu'ils ne l'étaient encore auparavant, c'est ce que je ne saurais vous assurer : Car, petit frere, si les bienfaits reciproques cimentent les amitiés réfléchies, peutêtre ne font-ils rien à celles que j'appellerais volontiers des amitiés animales & domestiques. A l'armée, dans une rencontre, Olivier étant menacé d'avoir la tête fendue d'un coup de sabre, Félix se mit machinalement au devant du coup & en resta balafré : On prétend qu'il étoit fier de cette blessure ; pour moi je n'en crois rien. A Hastenbeck Olivier avoit retiré Félix d'entre la foule des morts où il étoit demeuré. Quand on les interrogeait,

rogeait, ils parlaient quelque fois des fecours qu'ils avaient reçus l'un de l'autre, jamais de ceux qu'ils avaient rendus l'un à l'autre. Olivier difait de Félix, Félix difait d'Olivier; mais ils ne fe louaient pas. Au bout de quelque tems de féjour au pays, ils aimerent; & le hazard voulut que ce fût la même fille. Il n'y eut entre eux aucune rivalité; le premier qui s'apperçut de la paffion de fon ami fe retira. Ce fut Félix. Olivier époufa; & Félix, dégouté de la vie fans s'appercevoir pourquoi, fe précipita dans toutes fortes de métiers dangereux: Le dernier fut de fe faire contrebandier. Vous n'ignoréz pas, petit frere, qu'il y a quatre Tribunaux en France, Caen, Rheims, Valence & Touloufe, où les contrebandiers font jugés; & que le plus fevere des quatre c'eft celui de Rheims où préfide un nommé Talbot, l'ame la plus féroce que la nature ait encore formée. Félix fut pris les armes à la main, conduit devant le terrible Talbot, & condamné à mort, comme cinq-cent autres qui l'avaient précédé. Olivier apprit le fort de Félix. Une nuit il fe leve d'à côté de fa femme, & fans lui rien dire il s'en va à Rheims. Il s'adreffe au juge Talbot, il fe jette à fes pieds, & lui demande la grace de voir & d'embraſſer Félix. Talbot le regarde, ſe tait un moment, & lui fait ſigne de s'aſſeoir. Olivier s'aſſied. Au bout d'une demie heure Talbot tire ſa montre & dit à Olivier : Si tu veux voir & embraſſer ton ami vivant, dépêche toi ; il eſt en chemin ; & ſi ma montre va bien, avant qu'il ſoit dix minutes il ſera pendu. Olivier tranſporté de fureur ſe leve, décharge ſur la nuque du col au juge Talbot un énorme coup de bâton, dont il l'étend preſque mort ; court vers la place, arrive, crie, frappe le bourreau, frappe les gens de la juſtice, ſouleve la populace indignée de ces exécutions. Les pierres volent, Félix délivré s'enfuit : Olivier ſonge a ſon ſalut ; mais un ſoldat de maréchauſſée lui avait percé les flancs d'un coup de bayonnette, ſans qu'il s'en fut apperçu. Il gagna la porte de la ville ; mais il ne put aller plus loin : Des voituriers charitables le jetterent ſur leur charette, & le dépoſerent à la porte de ſa maiſon, un moment avant qu'il expirât. Il n'eut que le temps de dire à ſa femme : Femme, approche, que je t'embraſſe ; je me meurs, mais le Balafré eſt ſauvé.

Un ſoir que nous allions à la promenade ſelon notre uſage, nous vimes au devant d'une chaumiere une grande fem-

femme debout avec quatre petits enfans à ses pieds ; sa contenance triste & ferme attira notre attention, & notre attention fixa la sienne. Après un moment de silence elle nous dit : Voilà quatre petits enfans ; je suis leur mere & je n'ai plus de mari. Cette maniere haute de solliciter la commisération était bien faite pour nous toucher. Nous lui offrimes nos secours qu'elle accepta avec honnêteté. C'est à cette occasion que nous avons appris l'histoire de son mari Olivier & de Félix son ami. Nous avons parlé d'elle, & j'espere que notre recommandation ne lui aura pas éte inutile. Vous voyez, petit frere, que la grandeur d'ame & les hautes qualités sont de toutes les conditions & de tous les pays ; que tel meurt obscur, à qui il n'a manqué qu'un autre théatre, & qu'on peut trouver deux amis, ou dans une chaumiere ou chéz les Jroquois.

* * *

Vous avez desiré, petit frere, de savoir ce qu'est devenu Félix ; c'est une curiosité si simple & le motif en est si louable que nous nous sommes un peu reproché de ne l'avoir pas eue. Pour reparer cette faute, nous avons pensé sé d'abord à Mr. Papin, Docteur en Théologie & curé de Sainte Marie à Bourbonne : Mais maman s'est ravisée, & nous avons donné la préférence au Subdélégué Aubert, qui est un bon homme, bien rond, & qui nous a envoyé le recit suivant sur la vérité duquel vous pouvez compter.

„ Le nommé Félix vit encore. Echapé des mains de la „ justice de Rheims, il se jetta dans les forêts de la pro- „ vince, dont il avait appris à connaitre les tours & les „ détours pendant qu'il faisait la contrebande, cherchant à „ s'approcher peu à peu de la demeure d'Olivier dont il „ ignorait le sort.

„ Il y avait au fond d'un bois où vous vous êtes „ promenée quelquefois, un charbonnier dont la cabane „ servait d'asyle à ces sortes des gens ; c'était aussi l'en- „ trepôt de leurs marchandises & de leurs armes : Ce „ fut là que Félix se rendit, non sans avoir couru le „ danger de tomber dans les embuches de la Maréchaus- „ sée qui le suivait à la piste. Quelques uns de ses „ associés y avaient apporté la nouvelle de son empri- „ sonnement à Rheims ; & le charbonnier & la char- „ bonniere le croyaient justicié, lors qu'il leur àpparut.

„ Je vais vous raconter la chose comme je la tiens

„ de

„ de la charbonniere qui eſt décédée il n'y a pas long-
„ temps.

„ Ce furent ſes enfans, en rodant autour de la cabane, „ qui le virent les premiers. Tandis qu'il s'arrêtait à ca- „ reſſer le plus jeune dont il était le parein, les autres „ entrerent dans la cabane, en criant Félix ! Félix ! Le „ pere & la mere ſortirent, en répétant le même cri de „ joie : Mais ce miſérable était ſi harraſſé de fatigue & de „ beſoin, qu'il n'eut pas la force de répondre, & qu'il „ tomba preſque défaillant entre leurs bras.

„ Ces bonnes gens le ſecoururent de ce qu'ils avaient; „ lui donnerent du pain, du vin, quelques legumes : Il „ mangea & s'endormit.

„ A ſon réveil ſon premier mot fut Olivier ! Enfans, „ ne ſavez vous rien d'Olivier ? Non, lui repondirent-ils. „ Il leur racconta l'avanture de Rheims ; il paſſa la nuit „ & le jour ſuivant avec eux. Il ſoupirait, il prononçait „ le nom d'Olivier ; il le croyait dans les priſons de Rheims; „ il voulait y aller ; il voulait aller mourir avec lui ; & ce „ ne fut pas ſans peine que le charbonnier & la charbon- „ niere le détournerent de ce deſſein.

„ Sur le milieu de la ſeconde nuit il prit un fuſil, il

„ mit

„ mit un ſabre ſous ſon bras, & s'adreſſant à voix baſſe „ au charbonnier ..... Charbonnier ! — Felix ! — Prends „ ta cognée & marchons. — Où ? — Belle demande ! „ chez Olivier. — Ils vont. Mais tout en ſortant de la forêt, „ les voilà enveloppés d'un détachement de maréchauſſée.

„ Je m'en rapporte à ce que m'en a dit la charbon-„ niere, mais il eſt inoui. Que deux hommes à pied aient „ pu tenir contre une vingtaine d'hommes à cheval : Appa-„ remment que ceux-ci étaient épars, & qu'ils voulaient „ ſe ſaiſir de leur proie en vie. Quoi qu'il en ſoit l'ac-„ tion fut très chaude ; il y eut cinq chevaux d'eſtropiés „ & ſept cavaliers de hachés ou ſabrés. Le pauvre char-„ bonnier reſta mort ſur la place d'un coup de feu à la „ tempe ; Félix regagna la forêt, & comme il eſt d'une „ agilité incroyable, il courait d'un endroit à l'autre ; en „ courant il chargeait ſon fuſil, tirait, donnait un coup de „ ſifflet. Ces coups de ſifflet, ces coups de fuſils donnés, „ tirés à différens intervalles & de différens côtés, firent „ craindre aux cavaliers de Maréchauſſée qu'il n'y eut là „ une horde de contrebandiers, & il ſe retirerent en di-„ ligence.

„ Lorſque Félix les vit éloignés, il revint ſur le champ

„ de

„ de bataille ; il mit le cadavre du charbonnier ſur ſes „ épaules, & reprit le chemin de la cabane où la charbon- „ niere & ſes enfans dormaient encore. Il s'arrête à la „ porte, il étend le cadavre à ſes pieds, & s'aſſied le dos „ appuyé contre un arbre & le viſage tourné vers l'entrée „ de la cabane. Voilá le ſpectacle qui attendait la charbon- „ niere au ſortir de ſa baraque.

„ Elle s'éveille, elle ne trouve point ſon mari à côté „ d'elle ; elle cherche des yeux Félix ; point de Félix. Elle „ ſe leve, elle ſort, elle voit, elle crie, elle tombe à „ la renverſe. Ses enfans accourent, ils voient, ils crient; „ ils ſe roulent ſur leur pere, ils ſe roulent ſur leur mere. „ La charbonniere, rappellée à elle-même par le tumulte „ & les cris de ſes enfans, s'arrache les cheveux, ſe dé- „ chire les joues ; Félix immobile au pied de ſon arbre, „ les yeux fermés, la tête renverſée en arriere, leur diſait „ d'une voix éteinte : Tuez-moi. Il ſe faiſait un moment „ de ſilence ; enſuite la douleur & les cris reprenaient, & „ Félix leur rediſait : Tuez-moi ; enfans par pitié tuez- „ moi.

„ Ils paſſerent ainſi trois jours & trois nuits à ſe dé- „ ſoler ; la quatrieme Félix dit à la charbonniere : Femme,

„ prends ton bissac, mets-y du pain, & suis moi. A-„ près un long circuit à travers nos montagnes & nos „ forêts ils arriverent à la maison d'Olivier qui est „ située, comme vous savez, à l'extrêmité du bourg, „ à l'endroit ou la voie se partage en deux routes, dont „ l'une conduit en Franche-Comté & l'autre en Lor-„ raine.

„ C'est là que Félix va apprendre la mort d'Olivier „ & se trouver entre les veuves de deux hommes mas-„ sacrés à son sujet. Il entre & dit brusquement à la „ femme Olivier: Où est Olivier? Au silence de cette „ femme, à son vêtement, à ses pleurs, il comprit „ qu'Olivier n'était plus. Il se trouva mal; il tomba & „ se fendit la tête contre la huche à pétrir le pain. Les „ deux veuves le relevent; son sang coulait sur elles, „ &, tandis qu'elles s'occupaient à l'étancher avec leurs „ tabliers, il leur disait: Et vous êtes leurs femmes, „ & vous me secourez! Puis il défaillait, puis il reve-„ nait & disait en soupirant: Que ne me laissait-il? Pour-„ quoi s'en venir à Rheims? Pourquoi l'y laisser venir? — „ Puis sa tête se perdait; il entrait en fureur, il se rou-„ lait à terre & déchirait ses vêtemens. Dans un de ces

„ accès

„ accès il tira fon fabre, & il allait s'en frapper ; mais
„ les deux femmes fe jetterent fur lui, crierent au fecours;
„ les voifins accoururent : On le lia avec des cordes, &
„ il fut faigné fept à huit fois, fa fureur tomba avec l'é-
„ puifement de fes forces, & il refta comme mort pen-
„ dant trois ou quatre jours, au bout defquels la raifon
„ lui revint. Dans le premier moment il tourna fes yeux
„ autour de lui, comme un homme qui fort d'un profond
„ fommeil, & il dit : Où fuis-je ? Femmes, qui êtes vous ?
„ La charbonniere lui repondit : Je fuis la charbonniere.
„ Il reprit : Ah ! Oui la charbonniere. .... Et vous ? ....
„ La femme d'Olivier fe tut. Alors il fe mit à pleurer ; il
„ fe tourna du côté de la muraille, & dit en fanglotant :
„ je fuis chez Olivier .... Ce lit eft celui d'Olivier. .... Et
„ cette femme qui eft là, c'était la fienne ! Ah !

„ Ces deux femmes en eurent tant de foin ; elles lui
„ infpirerent tant de pitié, elles le prierent fi inftamment
„ de vivre, elles lui remontrerent d'une maniere fi touchan-
„ te qu'il était leur unique reffource, qu'il fe laiffa per-
„ fuader.

„ Pendant tout le temps qu'il refta dans cette maifon,
„ il ne fe coucha plus. Il fortait la nuit, il errait dans

 „ les

„ les champs, il ſe roulait ſur la terre, il appellait Olivier; „ une des femmes le ſuivait & le ramenait au point du „ jour.

„ Pluſieurs perſonnes le ſavaient dans la maiſon d'O- „ livier; & parmi ces perſonnes il y en avait de mal inten- „ tionnées. Les deux veuves l'avertirent du péril qu'il cou- „ rait. C'était un après midi; il était aſſis ſur un banc, „ ſon ſabre ſur ſes genoux, les coudes appuyés ſur une „ table, & ſes deux poings ſur ſes deux yeux. D'abord il „ ne répondit rien. La femme Olivier avait un garçon de „ dix-ſept à dix-huit ans, la charbonniere une fille, de „ quinze. Tout-à-coup il dit à la charbonniere: La „ charbonniere va chercher ta fille, & amene-la ici. Il a- „ vait quelques fauchées de prés; il les vendit. La char- „ bonniere revint avec ſa fille; le fils d'Olivier l'épouſa: „ Félix leur donna l'argent de ſes prés, les embraſſa, leur „ demanda pardon en pleurant; & ils allerent s'établir dans „ la cabane où ils ſont encore, & où ils ſervent de pere „ & de mere aux autres enfans. Les deux veuves demeu- „ rerent enſemble; & les enfans d'Olivier eurent un pere „ & deux meres.

„ Il y a à peu près un an & demi que la charbonniere

„ eſt

„ eſt morte ; la femme d'Olivier la pleure encore tous les „ jours.

„ Un ſoir qu'elles épiaient Félix (car il y en avait une „ des deux qui le gardait toujours à vue) elles le virent qui „ fondait en larmes ; il tournait en ſilence ſes bras vers „ la porte qui le ſéparait d'elles, & il ſe remettait enſuite „ à faire ſon ſac. Elles ne lui dirent rien ; car elles com- „ prenaient de reſte combien ſon départ était néceſſaire. „ Ils ſouperent tous les trois ſans parler. La nuit il ſe le- „ va ; les femmes ne dormaient point ; il s'avança vers la „ porte ſur la pointe des pieds. Là il s'arrêta, regarda „ vers le lit des deux femmes, eſſuya ſes yeux de ſes mains „ & ſortit. Les deux femmes ſe ſerrerent dans les bras „ l'une de lautre, & paſſerent le reſte de la nuit à pleu- „ rer. On ignore où il ſe refugia ; mais il n'a guere eu „ de ſemaines où il ne leur ait envoyé quelques ſecours.

„ La forêt où la fille de la charbonniere vit avec le fils „ d'Olivier, appartient à un M. le Clerc de Rançonnieres, „ homme fort riche & Seigneur d'un autre village de ces „ cantons, appellé Courcelles. Un jour que M. de Ran- „ çonnieres ou de Courcelles, comme il vous plaira, fai- „ ſait une chaſſe dans ſa forêt, il arriva à la cabane du

„ fils d'Olivier ; il y entra, il ſe mit à jouer avec les „ enfans qui ſont jolis ; il les queſtionna ; la figure de la „ femme qui n'eſt pas mal lui revint, le ton ferme du mari „ qui tient beaucoup de ſon pere l'intereſſa ; il apprit l'avan- „ ture de leurs parens, il promit de ſolliciter la grace de „ Félix ; il la ſollicita & l'obtint.

„ Félix paſſa au ſervice de M. de Rançonnieres, qui „ lui donna une place de Garde-Chaſſe.

„ Il y avait environ deux ans qu'il vivait dans le châ- „ teau de Rançonnieres, envoyant aux veuves une bonne „ partie de ſes gages, lorſque l'attachement à ſon maitre „ & la fierté de ſon caractere l'impliquerent dans une af- „ faire qui n'était rien dans ſon origine, mais qui eut les „ ſuites les plus fàcheuſes.

„ M. de Rançonnieres avait pour voiſin à Courcelles „ un M. Fourmont, Conſeiller au Préſidial de Lh.... „ Les deux maiſons n'étaient ſéparées que par une borne. „ Cette borne gênait la porte de M. de Rançonnieres, & „ en rendait l'entrée difficile aux voitures. M. de Rançon- „ nieres la fit reculer de quelques pieds du côté de M. „ Fourmont ; celui-ci renvoya la borne d'autant ſur M. „ de Rançonnieres ; & puis voilá de la haine, des inſultes, un

„ procès

„ procès entre les deux voisins. Le procès de la borne en suscita deux ou trois autres plus considérables. Les choses en étaient là, lors qu'un soir M. de Rançonnieres revenant de la chasse, accompagné de son Garde Félix, fit rencontre sur le grand chemin de M. Fourmont le magistrat, & de son frere le militaire. Celui-ci dit à son frere : Mon frere, si l'on coupait le visage à ce vieux boug—là, qu'en pensez-vous ? Ce propos ne fut pas entendu de M. de Rançonnieres ; mais il le fut malheureusement de Félix, qui s'adressant fiérement au jeune homme, lui dit : Mon Officier, seriez vous assez brave pour vous mettre seulement en devoir de faire ce que vous avez dit ? Au même instant il porte son fusil à terre, & met la main sur la garde de son sabre ; car il n'allait jamais sans son sabre. Le jeune militaire tire son épée, s'avance sur Félix ; M. de Rançonnieres accourt, s'interpose, saisit son garde. Cependant le militaire s'empare du fusil qui était à terre, tire sur Félix, le manque ; celui-ci riposte d'un coup de sabre, fait tomber l'épée de la main au jeune homme & avec l'épée la moitié du bras : Et voila un procès criminel en sus de trois ou quatre procès civils : Félix confiné dans les prisons ; une procédure effrayante ;

„ &

„ & a la suite de cette procédure un magistrat dépouillé „ de son état & presque déshonoré, un militaire exclus „ de son corps, M. de Rançonnieres mort de chagrin, „ & Félix, dont la détention durait toujours, exposé à tout „ le ressentiment des Fourmonts. Sa fin eût été malheureuse, „ si l'amour ne l'eut secouru. La fille du géolier prit de „ la passion pour lui & facilita son évasion : Si cela n'est „ pas vrai, c'est du moins l'opinion publique. Il s'est en „ allé en Prusse, où il sert aujourdhui dans le Régiment des „ Gardes. On dit qu'il y est aimé de ses camerades, & „ même connu du Roi. Son nom de guerre est LE TRISTE. „ La veuve Olivier m'a dit qu'il continuait à la soulager.

„ Voilà, Madame, tout ce que j'ai pu recueillir de l'his„ toire de Félix. Je joins à mon récit une Lettre de M. Pa„ pin notre curé. Je ne sais ce qu'elle contient ; mais je „ crains bien que le pauvre Prêtre, qui a la tête un peu „ étroite & le cœur assez mal tourné, ne vous parle d'Oli„ vier & de Félix d'après ses préventions. Je vous con„ jure, Madame, de vous en tenir aux faits sur la vé„ rité desquels vous pouvez compter, & à la bonté de vo„ tre cœur, qui vous conseillera mieux que le premier Ca„ suiste de Sorbonne, qui n'est pas M. Papin.

LETTRE

Lettre de M. Papin, Docteur en Théologie & Curé de Sainte Marie à Bourbonne.

J'ignore, Madame, ce que M. le Subdélégué a pû vous conter d'Olivier & de Félix ; ni quel intérêt vous pouvez prendre à deux brigands ; dont tous les pas dans ce monde ont été trempés de ſang. La Providence, qui a châtié l'un, a laiſſé à l'autre quelques momens de répit, dont je crains bien qu'il ne profite pas. Mais que la volonté de Dieu ſoit faite ! Je ſais qu'il y a des gens ici (& je ne ſerais point étonné que M. le Subdélégué fut de ce nombre) qui parlent de ces deux hommes comme de modéles d'une amitié rare. Mais qu'eſt-ce aux yeux de Dieu que la plus ſublime vertu dénuée des ſentimens de la piété, du reſpect dû à l'égliſe & à ſes miniſtres, & de la ſoumiſſion à la loi du ſouverain ? Olivier eſt mort à la porte de ſa maiſon ſans ſacremens. Quand je fus appellé auprès de Félix chez les deux veuves, je n'en pus jamais tirer autre choſe que le nom d'Olivier ; aucun ſigne de religion, aucune marque de repentir. Je n'ai pas mémoire que celui-ci ſe ſoit préſenté une fois au tribunal de la pénitence.

La femme Olivier eſt une arrogante qui m'a manqué en plus d'une occaſion: Sous prétexte qu'elle ſait lire & écrire, elle ſe croit en état d'élever ſes enfans ; & on ne les voit ni aux écoles de la paroiſſe ni à mes inſtructions. Que Madame juge d'après cela. Si des gens de cette eſpéce ſont bien dignes de ſes bontés ! L'Evangile ne ceſſe de nous recommander la commiſération pour les pauvres ; mais on double le mérite de ſa charité par un bon choix des miſérables, & perſonne ne connait mieux les vrais indigens que le Paſteur commun des indigens & des riches. Si Madame daignait m'honorer de ſa confiance, je placerais peutêtre les marques de ſa bienfaiſance d'une maniére plus utile pour les malheureux & plus méritoire pour elle.

Je ſuis avec reſpect &c.

Madame de *** remercia M. le Subdélégué Aubert de ſon attention, & envoya ſes aumônes à M. Papin avec le billet qui ſuit.

„ Je vous ſuis très obligée, Monſieur, de vos ſages „ conſeils. Je vous avoue que l'hiſtoire de ces deux hommes „ m'avait touchée ; & vous conviendrez que l'exemple d'u„ ne amitié auſſi rare était bien fait pour ſéduire une ame

„ hon-

„ honnête & ſenſible. Mais vous m'avez éclairée, & j'ai „ conçu qu'il valait mieux porter des ſecours à des vertus „ chrétiennes & malheureuſes qu'à des vertus naturelles & „ païennes. Je vous prie d'accepter la ſomme modique que „ je vous envoye, & de la diſtribuer d'après une charité „ mieux entenduë que la mienne.

„ J'ai l'honneur d'être &c.

On penſe bien que la veuve Olivier & Félix n'eurent aucune part aux aumônes de Madame de *** Félix mourut ; & la pauvre femme aurait péri de miſere avec ſes enfans, ſi elle ne s'était refugiée dans la forêt chez ſon fils ainé où elle travaille, malgré ſon grand âge, & ſubſiſte comme elle peut, à côté de ſes enfans & de ſes petits enfans.

* *
*

Et puis il y a trois ſortes de conte .... Il y en a bien d'avantage, me direz vous .... A la bonne heure .... Mais je diſtingue le conte à la maniére d'Homere, de Virgile, du Taſſe ; & je l'appelle le conte merveilleux. La nature y eſt exagérée, la vérité y eſt hypothétique; & ſi le conteur a bien gardé le module qu'il a choiſi, ſi tout répond à ce module & dans les actions & dans les diſcours, il a obtenu le degré de perfection que le genre de ſon ouvrage comportait, & vous n'avez rien de plus à lui demander. En entrant dans ſon poëme, vous mettez le pied dans une terre inconnue où rien ne ſe paſſe comme dans celle que vous habitez, mais où tout ſe fait en grand, comme les choſes ſe font autour de vous en petit. — Il y a le conte plaiſant, à la façon de la Fontaine, de Vergier, de l'Arioſte, de Hamilton; où le conteur ne ſe propoſe ni l'immitation de la nature, ni la vérité, ni l'illuſion; il s'élance dans les eſpaces imaginaires. Dites à celui ci: Soyez gai, ingénieux, varié, original, même extravagant, j'y conſens; mais ſéduiſez moi par les détails; que le charme de la forme me dérobe toujours l'invraiſemblance du fond; & ſi ce conteur fait ce que vous en exigez ici, il a tout fait. — Il y a enfin le conte hiſtorique, tel qu'il eſt écrit dans les nouvelles de Scaron, de Cervantes, &c. — Au Diable le conte & le conteur hiſtoriques! C'eſt un menteur plat & froid. — Oui, s'il ne ſait pas ſon métier. Celui-ci ſe propoſe de vous tromper; il eſt aſſis au coin de votre âtre, il il a pour objet la vérité rigoureuſe ; il veut être cru, il veut intéreſſer, toucher, entrainer, émouvoir, faire friſſonner la peau & couler les larmes ; effets qu'on n'obtient point ſans éloquence & ſans poéſie. Mais l'éloquence eſt une ſorte de menſonge, & rien de plus contraire à l'illuſion que la poéſie ; l'une & l'autre exagérent, ſurfont, amplifient, inſpirent la méfiance : Comment s'y prendra donc ce conteur-ci pour vous tromper ? Le voici. Il parſemera ſon récit de petites circonſtances ſi liées à la choſe, de traits ſi ſimples, ſi naturels & toutefois ſi difficiles à imaginer que vous ſerez forcé de vous dire en vous même : Ma foi, cela eſt vrai ; on n'invente pas ces choſes là. C'eſt ainſi qu'il ſauvera l'exagération de l'éloquence & de la poéſie ; que la vérité de la nature couvrira le preſtige de l'art, & qu'il ſatisfera à deux conditions qui ſemblent contradictoires, d'être en même temps hiſtorien & poëte, véridique, & menteur. Un exemple emprunté d'un autre art rendra peutêtre plus ſenſible ce que je veux dire. Un peintre exécute ſur la toile une tête ; toutes les formes en ſont fortes, grandes & régulieres ; c'eſt l'enſemble le plus parfait & le plus rare : J'éprouve en le conſidérant, du reſpect, de

 l'admiration,

l'admiration, de l'effroi : J'en cherche le modéle dans la nature, & ne l'y trouve pas; en comparaiſon tout y eſt faible, petit & meſquin. C'eſt une tête ideale, je le ſens, je me le dis. ... Mais que l'artiſte me faſſe appercevoir au front de cette tête une cicatrice légére, une verruë à l'une de ſes tempes, une coupure imperceptible à la lévre inférieure, & d'idéale qu'elle était, à l'inſtant la tête devient un portrait; une marque de petite vérole au coin de l'œil ou à côté du nez, & ce viſage de femme n'eſt plus celui de Vénus, c'eſt le portait de quelqu'une de mes voiſines. Je dirai donc à nos conteurs hiſtoriques : Vos figures ſont belles, ſi vous voulez; mais il y manque la verrue à la tempe, la couture à la lévre, la marque de petite vérole à côté du nez, qui les rendraient vraies; & comme diſait mon ami Cailleau, un peu de pouſſiére ſur mes ſouliers, & je ne ſors pas de ma loge, je reviens de la campagne.

Atque ita mentitur, ſic veris falſa remiſcet
Primo ne medium, medio ne diſcrepet imum.

HOR. ART. POËT.

Et

Et puis un peu de morale, après un peu de poétique ; cela va ſi bien. Félix était un gueux qui n'avait rien, Olivier était un autre gueux qui n'avait rien ; dites en autant du charbonnier, de la charbonniére & des autres perſonnages de ce conte, & concluez en général : Qu'il ne peut guere y avoir d'amitiés entiéres & ſolides qu'entre des hommes qui n'ont rien : Un homme alors eſt toute la fortune de ſon ami, & ſon ami eſt toute la ſienne. Delà la vérité de l'expérience que le malheur reſſerre les liens, & la matiere d'un petit paragraphe de plus pour la premiere édition du livre DE L'ESPRIT.

ENTRE-

ENTRETIEN

d'un Pere avec ses Enfans.

Ou

du danger de se mettre au dessus des loix.

MOn pere, homme d'un excellent jugement, mais homme pieux, était renommé dans sa province pour sa probité rigoureuse. Il fut plus d'une fois choisi pour arbitre entre ses concitoyens, & des étrangers qu'il ne connaissait pas, lui confierent souvent l'exécution de leurs derniéres volontés. Les pauvres pleurerent sa perte, lors qu'il mourut; pendant sa maladie, les grands & les petits marquerent l'intérêt qu'ils prenaient à sa conservation. Lorsqu'on sçut qu'il approchait de sa fin, toute la ville fut attristée. Son image sera toujours présente à ma mémoire; il me semble que je le vois dans son fauteuil à bras, avec son maintien tranquille & son visage serein. Il me semble que je l'entens encore. Voici l'histoire d'une de nos soirées, & un modéle de l'emploi des autres.

C'était

2.

Geßner f. 1772.

C'était en hiver. Nous étions aſſis autour de lui, devant le feu; l'Abbé, ma ſœur & moi. Il me diſait à la ſuite d'une converſation ſur les inconvéniens de la célébrité : Mon fils, nous avons fait tous les deux du bruit dans le monde, avec cette différence que le bruit que vous faiſiez avec votre outil vous ôtait le repos, & que celui que je faiſais avec le mien ôtait le repos aux autres. Après cette plaiſanterie bonne ou mauvaiſe du vieux forgeron, il ſe mit à rêver, à nous regarder avec une attention tout à fait marquée, & l'Abbé lui dit : Mon pére à quoi rêvez-vous? Je rêve, lui répondit-il, que la réputation d'homme de bien, la plus deſirable de toutes, a ſes perils même pour celui qui la mérite. Puis après une courte pauſe il ajoûta : J'en frémis encore quand j'y penſe .... Le croiriez vous, mes enfans? Une fois dans ma vie j'ai été ſur le point de vous ruiner; oui, de vous ruiner de fond en comble. L'Abbé. Et comment cela? Mon Pére. Comment? Le voici.

Avant que je commence (dit-il à ſa fille) Sœurette, releve mon oreiller qui eſt deſcendu trop bas; (à moi;) & toi ferme les pans de ma robe de chambre; car le

 feu

feu me brûle les jambes .... Vous avez tous connu le Curé de Thivet? MA SŒUR. Ce bon vieux prêtre qui à l'âge de cent ans faiſait ſes quatre lieuës dans la matinée? L'ABBÉ. Qui s'éteignit à cent & un ans en apprenant la mort d'un frére qui demeurait avec lui, & qui en avait quatre-vingt dix-neuf? MON PÉRE. Lui même. L'ABBÉ. Eh bien? MON PÉRE. Eh bien, ſes héritiers, gens pauvres & diſperſés ſur les grands chemins, dans les campagnes, aux portes des égliſes, où ils mandiaient leur vie, m'envoyerent une procuration qui m'autoriſait à me transporter ſur les lieux & à pourvoir à la ſureté des effets du défunt curé leur parent. Comment refuſer à des indigens un ſervice que j'avais rendu à pluſieurs familles opulentes? J'allai à Thivet; j'appellai la Juſtice du lieu; je fis appoſer les ſcellés, & j'attendis l'arrivée des héritiers. Ils ne tarderent pas à venir; ils étaient au nombre de dix à douze. C'étaient des femmes ſans bas, ſans ſouliers, preſque ſans vêtemens, qui tenaient contre leur ſein des enfans entortillés de leurs mauvais tabliers; des vieillards couverts de haillons qui s'étaient trainés juſques là, portant ſur leurs épaules, avec un bâton, une poignée de guenilles envelopées dans

dans une autre guenille ; le ſpectacle de la miſere la plus hideuſe. Imaginez d'après cela la joie de ces héritiers à l'aſpect d'une dixaine de mille francs qui revenaient à chacun d'eux ; car à vuë de pays la ſucceſſion du Curé pouvait aller à une centaine de mille francs au moins. On leve les ſcellés. Je procéde tout le jour à l'inventaire des effets. La nuit vient. Ces malheureux ſe retirent ; je reſte ſeul. J'étais preſſé de les mettre en poſſeſſion de leurs lots, de les congédier & de revenir à mes affaires. Il y avait ſous un bureau un vieux coffre ſans couvercle & rempli de toutes ſortes de paperaſſes, de vieilles lettres, de brouillons de réponſes, de quittances ſurannées, de reçus de rebut, de comptes de dépenſes & d'autres chiffons de cette nature ; mais en pareil cas on lit tout, on ne néglige rien. Je touchais à la fin de cette ennuyeuſe reviſion, lorſqu'il me tomba ſous les mains un écrit aſſez long ; & cet écrit, ſavez-vous ce que c'était ? Un teſtament ! Un teſtament ſigné du curé ! Un teſtament dont la date était ſi ancienne que ceux qu'il en nommait exécuteurs n'exiſtaient plus depuis vingt ans ! Un teſtament où il rejettait les pauvres qui dormaient autour de moi ; & inſtituait légataires univer-

 ſels

ſels les Frémins, ces riches libraires de Paris que tu dois connaitre. Je vous laiſſe à juger de ma ſurpriſe & de ma douleur ; car que faire de cette piece ? La bruler ? Pourquoi non ? N'avait-elle pas tous les caractéres de la réprobation ? Et l'endroit où je l'avais trouvée, & les papiers avec lesquels elle était confonduë & aſſimilée, ne dépoſaient-ils pas aſſez fortement contre elle, ſans parler de ſon injuſtice révoltante ? Voilá ce que je me diſais en moi même ; & me repréſentant en même temps la déſolation de ces malheureux héritiers ſpoliés, fruſtrés de leur eſpérance, j'approchais tout doucement le teſtament du feu ; puis d'autres idées croiſant les prémiéres, je ne ſçais quelle frayeur de me tromper dans la déciſion d'un cas auſſi important, la méfiance de mes lumieres, la crainte d'écouter plutôt la voïx de la commiſération qui criait au fond de mon cœur, que celle de la juſtice, m'arrêtaient ſubitement ; & je paſſai le reſte de la nuit à délibérer ſi je brulerais ou non cet acte inique que je tins pluſieurs fois au deſſus de la flamme, incertain ſi je le lâcherais ou non. Ce dernier parti l'emporta ; une minute plutôt ou plus tard c'eût été le parti contraire. Dans ma perplexité, je crus qu'il

était

était ſage de prendre le conſeil de quelque perſonne éclairée. Je monte à cheval dès la pointe du jour ; je m'achemine à toutes jambes vers la ville ; je paſſe devant la porte de ma maiſon ſans y entrer ; je deſcends au ſéminaire qui était occupé alors par des Oratoriens, entre leſquels il y en avait un diſtingué par la ſureté de ſes lumieres & la ſainteté de ſes mœurs. C'était un Pére Bouin qui a laiſſé dans le diocéſe la réputation du plus grand caſuiſte.

Mon pére en était là, lorſque le Docteur Biſſei entra ; c'était l'ami & le médecin de la maiſon. Il s'informa de la ſanté de mon pére, lui tâta le pouls, ajoûta, retrancha à ſon régime, prit une chaiſe & ſe mit à cauſer avec nous.

Mon pére lui demanda des nouvelles de quelques uns de ſes malades ; entre autres d'un vieux fripon d'Intendant d'un M. de la Méſangere, ancien Maire de notre ville. Cet Intendant avait mis déſordre & le feu dans les affaires de ſon maitre, avait fait des faux emprunts ſous ſon nom, avait égaré des titres, s'était approprié des fonds, avait commis une infinité de friponneries dont la plupart étaient avérées, & il était à la veille de ſubir une peine infamante, ſi non capitale. Cette affaire occupait alors toute la province. Le Docteur lui dit que cet homme était fort mal, mais qu'il ne déſeſpérait pas de le tirer d'affaire. MON PÉRE. C'eſt un très mauvais ſervice à lui rendre. MOI. Et une très mauvaiſe action à faire. LE DOCTEUR BISSEI. Une mauvaiſe action ! Et la raiſon, s'il vous plait ? MOI. C'eſt qu'il y a tant de méchans dans ce monde qu'il n'y faut pas retenir ceux à qui il prend envie d'en ſortir. LE DOCTEUR BISSEI. Mon affaire eſt de le guérir & non de le juger. Je le guérirai, parceque c'eſt mon métier; enſuite le Magiſtrat le fera pendre parceque c'eſt le ſien. MOI. Docteur, mais il y a une fonction commune à tout bon citoyen, à vous, à moi; c'eſt de travailler de toute notre force à l'avantage de la république, & il me ſemble que ce n'eſt pas un pour elle que le ſalut d'un malfaiteur dont inceſſamment les loix la délivreront. LE DOCTEUR BISSEI. Et à qui appartient-il de le déclarer malfaiteur ? Eſt-ce à moi ? MOI. Non, c'eſt à ſes actions. LE DOCTEUR BISSEI. Et à qui appartient-il de connaitre de ces actions ? Eſt-ce à moi ? MOI. Non; mais permettez, Docteur, que

je

je change un peu la théſe, en ſuppoſant un malade dont les crimes ſoient de notoriété publique. On vous appelle ; vous accourez, vous ouvrez les rideaux, & vous reconnaiſſez Cartouche ou Nivet. Guérirez-vous Cartouche ou Nivet ? .... Le Docteur Biſſei, après un moment d'incertitude, répondit ferme qu'il les guérirait ; qu'il oublierait le nom du malade pour ne s'occuper que du caractére de la maladie, que c'était la ſeule choſe dont il lui fût permis de connaitre ; que s'il faiſait un pas au delà, bientôt il ne ſaurait plus où s'arrêter, que ce ſerait abandonner la vie des hommes à la merci de l'ignorance, des paſſions, du préjugé, ſi l'ordonnance devait être précédée de l'examen de la vie & des mœurs du malade. Ce que vous me dites de Nivet, un Janſéniſte me le dira d'un Moliniſte, un catholique d'un proteſtant. Si vous m'écartez du lit de Cartouche, un fanatique m'écartera du lit d'un athée. C'eſt bien aſſez que d'avoir à doſer le reméde, ſans avoir encore à doſer la méchanceté qui permaittrait ou non de l'adminiſtrer .... Mais, Docteur, lui répondis-je, ſi après votre belle cure, le premier eſſai que le ſcélérat fera de ſa convaleſcence, c'eſt d'aſſaſſiner votre ami ; que

que direz-vous ? Mettez la main ſur la conſcience ; ne vous repentirez vous point de l'avoir guéri ? Ne vous écrierez vous point avec amertume : Pourquoi l'ai-je ſécouru ! Que ne le laiſſais-je mourir ! N'y a-t-il pas là de quoi empoiſonner le reſte de votre vie ? LE DOCTEUR BISSEI. Aſſurément je ſerai conſumé de douleur ; mais je n'aurai point de remords. MOI. Et quel remords pourriez-vous avoir, je ne dis pas d'avoir tué, car il ne s'agit pas de cela, mais d'avoir laiſſé périr un chien enragé ? Docteur, écoutez moi. Je ſuis plus intrepide que vous ; je ne me laiſſe point brider par de vains raiſonnemens. Je ſuis médecin. Je regarde mon malade ; en le regardant je reconnais un ſcélérat, & voici le diſcours que je lui tiens : Malheureux, dépêche toi de mourir ; c'eſt ce qui peut t'arriver de mieux pour les autres & pour toi : Je ſais bien ce qu'il y aurait à faire pour diſſiper ce point de côté qui t'oppreſſe ; mais je n'ai garde de l'ordonner ; je ne hais pas aſſez mes concitoyens pour te renvoyer de nouveau au milieu d'eux, & me préparer à moi même une douleur éternelle par les nouveaux forfaits que tu commettrais. Je ne ſerai point ton complice. On punirait celui

celui qui te recéle dans ſa maiſon, & je croirais innocent celui qui t'aurait ſauvé ! Cela ne ſe peut. Si j'ai un regret, c'eſt qu'en te livrant à la mort je t'arrache au dernier ſupplice. Je ne m'occuperai point de rendre à la vie celui dont il m'eſt enjoint par l'équité naturelle, le bien de la ſociété, le ſalut de mes ſemblables, d'être le dénonciateur. Meurs, & qu'il ne ſoit pas dit que par mon art & mes ſoins il exiſte un monſtre de plus. LE DOCTEUR BISSEI. Bon jour, papa! Ah ça moins de caffé après diner, entendez-vous? MON PÉRE. Ah, Docteur, c'eſt une ſi bonne choſe que le caffé. LE DOCTEUR BISSEI. Du moins, beaucoup, beaucoup de ſucre. MA SŒUR. Mais, Docteur, ce ſucre nous échauffera. LE DOCTEUR BISSEI. Chanſons. Adieu, philoſophe. MOI. Docteur, encore un mot. Pendant la derniere peſte de Marſeille il y avait des brigands qui ſe répandaient dans les maiſons, pillant, tuant, profitant du déſordre général pour s'enrichir par toutes ſortes de crimes. Un de ces brigands fût attaqué de la peſte, & reconnu par un des foſſoyeurs que la police avait chargé d'enlever les morts. Ces gens ci allaient & jettaient les cadavres dans la rue. Le foſſoyeur regarde le ſcélérat & lui dit : Ah, miſérable, c'eſt toi ; & en même temps il le ſaiſit par les pieds & le traine vers la fenêtre. Le ſcélérat lui crie : Je ne ſuis pas mort. L'autre lui répond : Tu es aſſez mort, & le précipite à l'inſtant d'un troiſieme étage. Docteur, ſachez que le foſſoyeur qui dépêche ſi leſtement ce méchant peſtiféré, eſt moins coupable à mes yeux qu'un habile médecin, comme vous, qui l'aurait guéri ; & partez. LE DOCTEUR. Cher philoſophe, j'admirerai votre eſprit & votre chaleur, tant qu'il vous plaira ; mais votre morale ne ſera ni la mienne, ni celle de l'Abbé, je gage. L'ABBÉ. Vous gagez à coup ſûr .... J'allais entreprendre l'Abbé ; mais mon pére s'adreſſant à moi en ſouriant, me dit : Tu plaides contre ta propre cauſe. MOI. Comment cela ? MON PÉRE. Tu veux la mort de ce coquin d'Intendant de M. de la Méſangere, n'eſt-ce pas ? Eh laiſſe donc faire le Docteur. A préſent dites moi où j'en étais de mon hiſtoire. MA SŒUR. Vous étiez au Pére Bouin.

MON PÉRE. Je lui expoſe le fait. Le Pére Bouin me dit : Rien n'eſt plus louable, Monſieur, que le ſentiment de commiſération dont vous vous êtes touché pour

pour ces malheureux héritiers. Supprimez le teſtament, ſecourez-les, j'y conſens; mais c'eſt à la condition de reſtituer au légataire univerſel la ſomme préciſe dont vous l'aurez privé ni plus ni moins .... Mais je ſens du froid entre les épaules. Le Doƈteur aura laiſſé la porte ouverte, Sœurette, va la fermer. MA SŒUR. J'y vais, mais j'eſpere que vous ne continuerez pas que je ne ſois revenue. MON PÉRE. Cela va ſans dire.

Ma Sœur qui s'était fait attendre quelque temps, dit en rentrant avec un peu d'humeur : C'eſt ce fou qui a pendu deux écriteaux à ſa porte, ſur l'un deſquels on lit: Maiſon à vendre vingt mille francs, ou à louer douze cent francs par an ſans bail; & ſur l'autre : Vingt mille francs à prêter pour un an à ſix pour cent. MOI. Un fou, ma Sœur? Et s'il n'y avait qu'un écriteau où vous en voyez deux, & que l'écriteau du prêt ne fût qu'une traduƈtion de celui de la location? Mais laiſſons cela, & revenons au Pére Bouin.

MON PÉRE. Le Pére Bouin ajouta : Et qui eſt-ce qui vous a autoriſé à ôter ou à donner de la ſanƈtion aux aƈtes? Qui eſt-ce qui vous a autoriſé à interpréter les intentions des morts? —— Mais, Pére Bouin, & le coffre. —— Qui eſt-ce qui vous a autoriſé à décider ſi ce teſtament a été rebuté de réflexion, ou s'il s'eſt égaré par mépriſe ? Ne vous eſt-il jamais arrivé d'en commettre de pareilles, & de retrouver au fond d'un ſceau un papier précieux que vous y aviez jetté d'inadvertence ? —— Mais, Pére-Bouin, & la date & l'iniquité de ce papier ? —— Qui eſt-ce qui vous a autoriſé à prononcer ſur la juſtice ou ſur l'injuſtice de cet acte, & à regarder le legs univerſel comme un don illicite plutôt que comme une reſtitution ou telle autre œuvre légitime qu'il vous plaira d'imaginer ? —— Mais, Pére Bouin, & ces héritiers immédiats & pauvres, & ce collatéral éloigné & riche ? —— Qui eſt-ce qui vous a autoriſé à peſer ce que le défunt devait à ſes proches que vous ne connaiſſez pas & à ſon légataire que vous ne conaiſſez pas d'avantage ? —— Mais, Pére Bouin, & ce tas de lettres du légataire que le défunt ne s'était pas ſeulement donné la peine d'ouvrir ? .... Une circonſtance que j'avais oublié de vous dire, ajouta mon pére, c'eſt que dans l'amas de paperaſſes entre leſquelles je trouvai ce fatal teſtament, il y avait vingt, trente, je ne ſais combien de lettres des Frémins toutes cachetées. .... Il n'y a, dit le Pére Bouin, ni ni coffre, ni date, ni lettres, ni Pére Bouin, ni ſi, ni mais, qui tienne; il n'eſt permis à perſonne d'enfreindre les loix, d'entrer dans la penſée des morts, & de diſpoſer du bien d'autrui. Si la providence a réſolu de châtier ou l'héritier ou le légataire ou le défunt, car on ne ſait lequel, par la conſervation fortuite de ce teſtament, il faut qu'il reſte.

Après une déciſion auſſi nette, auſſi préciſe de l'homme le plus éclairé de notre clergé, je demeurai ſtupéfait & tremblant, ſongeant en moi même à ce que je devenais, à ce que vous deveniez, mes enfans, s'il me fût arrivé de brûler le teſtament comme j'en avais été tenté dix fois; d'être enſuite tourmenté de ſcrupule, & d'aller conſulter le Pére Bouin. J'aurais reſtitué, oh j'aurais reſtitué; rien n'eſt plus ſûr; & vous étiez ruinés.

Ma Sœur. Mais, mon pére, il fallut après-cela s'en revenir au presbytere & annóncer à cette troupe d'indigens qu'il n'y avait rien là qui leur apartient, & qu'ils pouvaient s'en retourner comme ils étaient venus. Avec l'ame compatiſſante que vous avez, comment en eutes vous le courage? Mon Pére. Ma foi, je n'en

 ſçais

ſçais rien. Dans le premier moment je penſai à me départir de ma procuration, & à me faire remplacer par un homme de loi; mais un homme de loi en eût uſé dans toute la rigueur, pris & chaſſé par les épaules ces pauvres gens dont je pouvais peut-être alléger l'infortune. Je retournai donc le même jour à Thivet. Mon abſence ſubite & les précautions que j'avais priſes en partant avaient inquiété; l'air de triſteſſe avec lequel je reparus, inquiéta bien d'avantage; cependant je me contraignis, je diſſimulai de mon mieux. MOI. C'eſt à dire aſſez mal. MON PÉRE. Je commençai par mettre à couvert tous les effets précieux. J'aſſemblai dans la maiſon un certain nombre d'habitans qui me prêteraient main forte en cas de beſoin. J'ouvris la cave & les greniers que j'abandonnai à ces malheureux, les invitant à boire, à manger & à partager entre eux le vin, le bled & toutes les autres proviſions de bouche. L'ABBÉ. Mais, mon pére! .... MON PÉRE. Je le ſais, cela ne leur appartenait pas plus que le reſte. MOI. Allons donc, l'Abbé, tu nous interromps. MON PÉRE. Enſuite pâle comme la mort, tremblant ſur mes jambes, ouvrant la bouche & ne trouvant aucune parole, m'aſſeyant, me me relevant, commençant une phrase & ne pouvant l'achever, pleurant, tous ces gens effrayés m'environnant, s'écriant autour de moi : Eh bien, mon cher Monsieur, qu'est-ce qu'il y a ? Qu'est-ce qu'il y a, repris-je ? .... Un testament, Un testament qui vous déshérite. Ce peu de mots me coûterent tant à dire que je me sentis presque défaillir. MA SŒUR. Je conçois cela.

MON PÉRE. Quelle scene, mes enfans, quelle scene que celle qui suivit ! Je frémis de la rappeller. Il me semble que j'entends encore les cris de la douleur, de la fureur, de la rage, le hurlement des imprécations. ... Ici mon pére portait ses mains sur ses yeux, sur ses oreilles. .... Ces femmes, disait-il, ces femmes, je les vois ; les unes se roulaient à terre, s'arrachaient les cheveux, se déchiraient les joues & les mammelles ; les autres écumaient, tenaient leurs enfans par les pieds, prêtes à leur écacher la tête contre le pavé, si on les eût laissé faire ; les hommes brisaient, renversaient, cassaient tout ce qui leur tombait sous les mains ; ils menaçaient de mettre le feu à la maison ; d'autres, en rugissant, grataient la terre avec leurs ongles comme s'ils y eussent cherché le cadavre du curé pour le déchirer ; & tout au travers de ce tumulte, c'étaient les cris aigus des enfans qui partageaient sans savoir pourquoi le désespoir de leurs parens, qui s'attachaient à leurs vêtemens, & qui en étaient inhumainement repoussés. Je ne crois pas avoir jamais autant souffert de ma vie.

Cependant j'avais écrit au légataire de Paris ; je l'instruisais de tout, & je le pressais de faire diligence, le seul moyen de prévenir quelque accident qu'il ne serait pas en mon pouvoir d'empêcher.

J'avais un peu calmé les malheureux par l'espérance dont je me flattais en effêt, d'obtenir du légataire une rénonciation complete à ses droits, ou de l'amener à quelque traitement favorable, & je les avais dispersés dans les chaumieres les plus éloignées du village.

Le Frémin de Paris arriva ; je le regardai fixement, & je lui trouvai une physionomie dure qui ne promettait rien de bon. MOI. De grands sourcils noirs & touffus, des yeux couverts & petits, une large bouche un peu de travers, un teint basané & criblé de petite vérole ? MON PÉRE. C'est cela. Il n'avait pas mis plus de trente heures à faire ses soixante lieuës. Je commen-

çai

çai par lui montrer les miférables dont j'avais à plaider la caufe. Ils étaient tous debout devant lui, en filence; les femmes pleuraient; les hommes appuyés fur leurs bâtons, la tête nue, avaient leurs mains dans leurs bonnets. Le Fremin affis, les yeux fermés, la tête penchée & le menton appuyé fur fa poitrine, ne les regardait pas. Je parlai en leur faveur de toute ma force; je ne fais où l'on prend ce qu'on dit en pareil cas. Je lui fis toucher au doigt combien il était incertain que cette fucceffion lui fût légitimement acquife; je le conjurai par fon opulence, par la mifere qu'il avait fous les yeux; je crois même que je me jettais à fes pieds. Je n'en pus tirer une obole. Il me répondit qu'il n'entrait point dans toutes ces confidérations; qu'il y avait un teftament; que l'hiftoire de ce teftament lui était indifférente, & qu'il aimait mieux s'en rapporter à ma conduite qu'à mes difcours. D'indignation, je lui jettai les clefs au nez; il les ramaffa, s'empara de tout, & je m'en revins fi troublé, fi peiné, fi changé que votre mere qui vivait encore crut qu'il m'était arrivé quelque grand malheur..... Ah, mes enfans, quel homme que ce Fremin!

Après ce récit nous tombâmes dans le silence, chacun rêvant à sa maniere sur cette singuliere avanture. Il vint quelques visites. Un ecclésiastique dont je ne me rappelle pas le nom; c'était un gros prieur qui se connaissait mieux en bon vin qu'en morale, & qui avait plus feuilleté *le moyen de parvenir* que *les conférences de Grenoble*; un homme de justice, notaire & Lieutenant de police, appellée Du bois; & peu de temps après un ouvrier qui demandait à parler à mon pére. On le fit entrer, & avec lui un ancien ingénieur de la province qui vivait retiré & qui cultivait les mathématiques qu'il avait autrefois professées; c'était un des voisins de l'ouvrier; l'ouvrier était chapelier.

Le premier mot du chapelier fut de faire entendre à mon pére que l'auditoire était un peu nombreux pour ce qu'il avait à lui dire. Tout le monde se leva, & il ne resta que le Prieur, l'homme de loi, le géometre, & moi, que le chapelier retint.

Monsieur Diderot, dit-il à mon pére, après avoir regardé autour de l'appartement s'il ne pouvait être entendu, c'est votre probité & vos lumieres qui m'amenent chez vous, & je ne suis pas fâché d'y rencontrer

trer ces autres Meſſieurs dont je ne ſuis peut-être pas connu, mais que je connais tous. Un prêtre, un homme de loi, un ſavant, un philoſophe & un homme de bien! Ce ſerait grand hazard ſi je ne trouvais pas dans des perſonnes d'état ſi différent & toutes également juſtes & éclairées, le conſeil dont j'ai beſoin. Le chapelier ajouta enſuite : Promettez moi d'abord de garder le ſecret ſur mon affaire, quelque ſoit le parti que je juge à propos de ſuivre. On le lui promit, & il continua : Je n'ai point d'enfans ; je n'en ai point eu de ma derniere femme que j'ai perdu, il y a environ quinze jours. Depuis ce temps je ne vis pas; je ne ſaurais ni boire, ni manger, ni travailler, ni dormir. Je me leve, je m'habille, je ſors, je rode par la ville dévoré d'un ſouci profond. J'ai gardé ma femme malade pendant dix huit ans; tous les ſervices qui ont dépendu de moi & que ſa triſte ſituation exigeait, je les lui ai rendus. Les dépenſes que j'ai faites pour elle ont conſommé le produit de notre petit revenu & de mon travail, m'ont laiſſé chargé de dettes, & je me trouverais à ſa mort épuiſé de fatigues, le temps de mes jeunes années perdu, je ſerais en un mot auſſi avancé que le premier jour de mon établiſſement, ſi j'obſervais les loix & ſi je laiſſais aller à des collatéraux éloignés la portion qui leur revient de ce qu'elle m'avait apporté en dot : C'était un trouſſeau bien conditionné ; car ſon pére & ſa mere qui aimaient beaucoup leur fille, firent pour elle tout ce qu'ils purent, plus qu'ils ne purent ; de belles & bonnes nippes en quantité qui ſont reſtées toutes neuves ; car la pauvre femme n'a pas eu le temps d'en uſer ; & vingt mille francs en argent provenus du rembourſement d'un contrat conſtitué ſur M. Michelin, Lieutenant du Procureur général. A peine la défunte a-t-elle eu les yeux fermés, que j'ai ſouſtrait & les nippes & l'argent. Meſſieurs, vous ſavez à préſent mon affaire. Ai-je bien fait ? Ai-je mal fait ? Ma conſcience n'eſt pas en repos: Il me ſemble que j'entends là quelque choſe qui me dit : Tu as volé, tu as volé ; rends, rends : Qu'en penſez-vous ? Songez, Meſſieurs, que ma femme m'a emporté en s'en allant tout ce que j'ai gagné pendant vingt ans ; que je ne ſuis preſque plus en état de travailler, que je ſuis endetté, & que ſi je reſtitue il ne me reſte que l'hôpital, ſi ce n'eſt aujour-

aujourd'hui, ce sera demain. Parlez, Messieurs, j'attends votre décision. Faut-il restituer & s'en aller à l'hôpital ?

A tout Seigneur tout honneur, (dit mon pére en s'inclinant vers l'ecclésiastique ;) à vous Monsieur le Prieur.

Mon enfant, (dit le Prieur au chapelier,) je n'aime pas les scrupules, cela brouille la tête & ne sert à rien ; peut-être ne fallait-il pas prendre cet argent; mais puisque tu l'as pris, mon avis est que tu le gardes. MON PÉRE. Mais, Monsieur le Prieur, ce n'est pas là votre dernier mot ? LE PRIEUR. Ma foi si, je n'en fais pas plus long. MON PÉRE. Vous n'avez pas été loin. A vous, Monsieur le Magistrat. LE MAGISTRAT. Mon ami, ta position est fâcheuse ; un autre te conseillerait peutêtre d'assurer le fond aux collatéraux de ta femme, afin qu'en cas de mort ce fond ne passât pas aux tiens, & de jouir ta vie durant de l'usufruit: Mais il y a des loix, & ces loix ne t'accordent ni l'usufruit ni la propriété du capital. Crois moi ; satisfais aux loix, & sois honnête homme à l'hôpital s'il le faut. MOI. Il y a des loix ! Quelles loix ! MON PÉRE.

 Et

Et vous, Monſieur le Mathématicien, comment réſolvez vous ce problême ? LE GÉOMETRE. Mon ami, ne m'as-tu pas dit que tu avais pris environ vingt mille francs ? LE CHAPELIER. Oui, Monſieur. —— Et combien à peu près t'a couté la maladie de ta femme ? —— A peu près la même ſomme. —— Eh bien, qui de vingt mille francs paie vingt mille francs, reſte zéro. MON PÉRE. (à moi.) Et qu'en dit la philoſophie ? MOI. La philoſophie ſe tait ou la loi n'a pas le ſens commun .... Mon pére ſentit qu'il ne fallait pas me preſſer, & portant tout de ſuite la parole au chapelier : Maitre un tel, lui dit-il, vous nous avez confeſſé, que depuis que vous avez ſpolié la ſucceſſion de votre femme, vous aviez perdu le repos ; & à quoi vous ſert donc cet argent qui vous a ôté le plus grand des biens ? Défaites-vous en vite & buvez, mangez, dormez, travaillez, & ſoyez heureux chez vous. .... Le chapelier repliqua bruſquement : Non, Monſieur, je m'en irai à Geneve. —— Et tu crois que tu laiſſeras le remords ici ? —— Je ne ſais, mais j'irai à Geneve. —— Va où tu voudras, tu y trouveras ta conſcience.

Le

Le chapelier partit ; sa réponse bizarre devint le sujet de l'entretien. On convint que peutêtre la distance du temps & des lieux affaiblissait plus ou moins tous les sentimens. Les visites s'en allerent ; mon frere & ma sœur rentrerent ; la conversation interrompue fut reprise, & mon pére dit : Dieu soit loué ! Nous voilà ensemble. Je me trouve bien avec les autres, mais mieux avec vous ; puis s'adressant à moi : Pourquoi, me demanda-t-il, n'as-tu pas dit ton avis au chapelier ? — C'est que vous m'en avez empêché. — Ai-je mal fait ? — Non, parce qu'il n'y a point de bon conseil pour un sot. Quoi donc, est-ce que cet homme n'est pas le plus proche parent de sa femme ? Est-ce que le bien qu'il a retenu ne lui a pas été donné en dot ? Est-ce qu'il ne lui appartient pas au titre le plus légitime ? Quel est le droit de ces collatéraux ? MON PÉRE. Tu ne vois que la loi, mais tu n'en vois pas l'esprit. MOI. Je vois comme vous, mon pére, le peu de sureté des femmes, méprisées, haïes à tort & à travers de leurs maris, si la mort saisissait ceux-ci de leurs biens. Mais qu'est-ce que cela me fait à moi, honnête homme, qui

ai

ai bien rempli mes devoirs avec la mienne ? Ne suis-je pas assez malheureux de l'avoir perdue ? Faut-il qu'on vienne encore me spolier. MON PÉRE. Mais si tu reconnais la sagesse de la loi, il faut t'y conformer, ce me semble. MA SŒUR. Sans la loi il n'y a plus de vol. MOI. Vous vous trompez, ma Sœur. MON FRERE. Sans la loi tout est à tous, & il n'y a plus de propriété. MOI. Vous vous trompez, mon frere. MON FRERE. Et qui est-ce qui fonde donc la propriété ? MOI. Primitivement, c'est la prise de possession par le travail. La nature a fait les bonnes loix de toute éternité : C'est une force légitime qui en assure l'exécution ; & cette force, qui peut tout contre le méchant, ne peut rien contre l'homme de bien. Je suis cet homme de bien ; & dans ces circonstances & beaucoup d'autres, que je vous détaillerais, je la cite au tribunal de mon cœur, de ma raison, de ma conscience, au tribunal de l'équité naturelle ; je l'interroge, je m'y soumets ou je l'annulle. MON PÉRE. Prêche ces principes là sur les toits, je te promets qu'ils feront fortune, & tu verras les belles choses qui en résulteront. — Je ne les prêcherai pas ; il il y a des vérités qui ne ſont pas faites pour les fous; mais je les garderai pour moi. — Pour toi qui es un ſage ! — Aſſurément. — D'après cela je penſe bien que tu n'approuveras pas autrement la conduite que j'ai tenue dans l'affaire du curé de Thivet. Mais toi, l'Abbé, qu'en penſes-tu? L'ABBÉ. Je penſe, mon pére, que vous avez agi prudemment de conſulter & d'en croire le Pére Bouin, & que ſi vous euſſiez ſuivi votre premier mouvement, nous étions en effet ruinés. MON PÉRE. Et toi, grand philoſophe, tu n'es pas de cet avis? — Non. — Cela eſt bien court. Va ton chemin. — Vous me l'ordonnez? .... — Sans doute. — Sans ménagement? — Sans doute. — Non certes, lui répondis-je avec chaleur, je ne ſuis pas de cet avis. Je penſe, moi, que ſi vous avez jamais fait une mauvaiſe action en votre vie, c'eſt celle là; & que ſi vous vous fuſſiez cru obligé à reſtitution envers le légataire, après avoir déchiré le teſtament, vous l'êtes bien d'avantage envers les héritiers pour y avoir manqué. MON PÉRE. Il faut que je l'avoue, cette action m'eſt toujours reſtée ſur le cœur; mais le Pére Bouin! MOI. Votre Pére Bouin avec toute ſa réputation de ſcience & de ſainteté n'était qu'un mauvais raiſonneur, un bigot à tête rétrecie. MA SŒUR (à voix baſſe.) Eſt-ce que ton projet eſt de nous ruiner? MON PÉRE. Paix! Paix! Laiſſe là le Pére Bouin, & dis nous tes raiſons, ſans injurier perſonne. MOI. Mes raiſons? Elles ſont ſimples & les voici. Ou le teſtateur a voulu ſupprimer l'acte qu'il avait fait dans la dureté de ſon cœur, comme tout concourait à le démontrer, & vous avez annullé ſa réſipiſcence; ou il a voulu que cet acte atroce eût ſon effet, & vous vous êtes aſſocié à ſon injuſtice. MON PÉRE. A ſon injuſtice? C'eſt bientôt dit. —— Oui, oui, à ſon injuſtice; car tout ce que le Pére Bouin vous a débité ne ſont que de vaines ſubtilités, de pauvres conjectures, des peutêtre ſans aucune valeur, ſans aucun poids, auprès des circonſtances qui ôtaient tout caractere de validité à l'acte injuſte que vous avez tiré de la pouſſiere, produit & réhabilité. Un coffre à paperaſſes; parmi ces paperaſſes une vieille paperaſſe proſcrite par ſa date, par ſon injuſtice, par ſon mélange avec d'autres paperaſſes, par la mort des exécuteurs, par le mépris des lettres du légataire, par la la richeſſe de ce légataire, & par la pauvreté des véritables héritiers ! Qu'oppoſe-t-on à cela ? Une reſtitution préſumée ! Vous verrez que ce pauvre diable de prêtre, qui n'avait pas un ſou lors qu'il arriva dans ſa cure, & qui avait paſſé quatre vingt ans de ſa vie à amaſſer environ cent mille francs en entaſſant ſou ſur ſou, avait fait autrefois aux Fremins, chez qui il n'avait point demeuré, & qu'il n'avait peutêtre jamais connu que de nom, un vol de cent mille francs. Et quand ce prétendu vol eût été réel, le grand malheur que .... J'aurais brulé cet acte d'iniquité. Il fallait le bruler, vous dis-je; il fallait écouter votre cœur qui n'a jamais ceſſé de réclamer depuis & qui en ſavait plus que votre imbécille Bouin dont la déciſion ne prouve que l'autorité redoutable des opinions religieuſes ſur les têtes les mieux organiſées & l'influence pernicieuſe des loix injuſtes, des faux principes ſur le bon ſens & l'équité naturelle.

Ma Sœur ſe taiſait; mais elle me ſerrait la main en ſigne d'approbation; l'Abbé ſecouait les oreilles, & mon pére diſait: Et puis encore une petite injure au Pére Bouin. Tu crois du moins que ma religion m'abſout ? Moi. Je le crois ; mais tant pis pour elle. Mon Pére. Cet acte, que tu brûles de ton autorité privée, tu crois qu'il aurait été déclaré valide au tribunal de la loi ? Moi. Cela ſe peut ; mais tant pis pour la loi. Mon Pére. Tu crois qu'elle aurait négligé toutes ces circonſtances que tu fais valoir avec tant de force ? Moi. Je n'en ſais rien ; mais j'en aurais voulu avoir le cœur net. J'y aurais ſacrifié une cinquantaine de louis ; ç'aurait été une charité bien faite ; & j'aurais attaqué ce teſtament au nom de ces pauvres héritiers. Mon Pére. Oh, pour cela, ſi tu avais été avec moi, & que tu m'en euſſes donné le conſeil ; quoique dans les commencemens d'un établiſſement, cinquante louis ce ſoit une ſomme, il y a tout à parier que je l'aurais ſuivi. l'Abbé. Pour moi, j'aurais autant aimé donner cet argent aux pauvres héritiers qu'aux gens de juſtice. Moi. Et vous croyez, mon frere, qu'on aurait perdu ce procès ? Mon Frére. je n'en doute pas. Les juges s'en tiennent ſtrictement à la loi, comme mon pére & le pére Bouin, & font bien. Les juges ferment en pareil cas les yeux ſur les circonſtances, comme mon pére & le Pére Bouin, par l'effroi des inconvéconvéniens qui s'en ſuivraient, & font bien. Ils ſacrifient quelquefois, contre le témoignage même de leur conſcience, comme mon pére & le Pére Bouin, l'intérêt du malheureux & de l'innnocent qu'ils ne pourraient ſauver ſans lâcher la bride à une infinité de fripons, & font bien. Ils redoutent, comme mon pére & le Pére Bouin, de prononcer un arrêt équitable dans un cas déterminé, mais funeſte dans mille autres par la multitude des déſordres auxquels il ouvrirait la porte, & font bien. Et dans le cas du teſtament dont il s'agit .... Mon Pére. Tes raiſons comme particuliéres étaient peutêtre bonnes, mais comme publiques elles ſeraient mauvaiſes. Il y a tel Avocat peu ſcrupuleux qui m'aurait dit tête-à-tête : Brûlez ce teſtament ; ce qu'il n'aurait oſé écrire dans ſa conſultation. Moi. J'entends, c'était une affaire à n'être pas portée devant les juges. Auſſi, parbleu ! n'y aurait-elle pas été portée, ſi j'avais été à votre place. Mon Pére. Tu aurais préferé ta raiſon à la raiſon publique, la déciſion de l'homme à celle de l'homme de loi ? Moi. Aſſurément. Eſt-ce que l'homme n'eſt pas antérieur à l'homme de loi ? Eſt-ce que la raiſon de l'eſpece humaine n'eſt pas tout autrement ſacrée que la raiſon d'un législateur ? Nous nous appellons civiliſés, & nous ſommes pires que des Sauvages. Il ſemble qu'il nous faille encore tournoyer pendant des Siecles d'extravagances en extravagances & d'erreurs en erreurs, pour arriver où la premiere étincelle de jugement, l'inſtinct seul nous eût mené tout droit. Nous nous ſommes ſi bien fourvoyés .... MON PÉRE. Mon fils, mon fils, c'eſt un bon oreiller que celui de la raiſon ; mais je trouve que ma tête repoſe plus doucement encore ſur celui de la religion & des loix : Et point de réplique là deſſus ; car je n'ai pas beſoin d'inſomnie ! Mais il me ſemble que tu prends de l'humeur. Dis moi donc : Si j'avais brûlé le teſtament, eſt-ce que tu m'aurais empêché de reſtituer ? MOI. Non, mon pére votre repos m'eſt un peu plus cher que tous les biens du monde. MON PÉRE. Ta réponſe me plait, & pour cauſe. MOI. Et cette cauſe, vous allez nous la dire ? MON PÉRE. Volontiers. Le chanoine Vigneron ton oncle était un homme dur, mal avec ſes confreres dont il faiſait la ſatyre continuelle par ſa conduite & par ſes diſcours. Tu étais deſtiné à lui ſuccéder ; mais au au moment de ſa mort, on penſa dans la famille qu'il fallait mieux envoyer en Cour de Rome que de faire entre les mains du chapitre une réſignation qui ne ſerait peutêtre point agréée. Le courier part. Ton oncle meurt, une heure ou deux, avant l'arrivée préſumée du courier; & voilà le canonicat & dix huit cent francs perdus. Ta mere, Tes tantes, nos parents, nos amis étaient tous d'avis de céler la mort du chanoine. Je rejettai ce conſeil, & je fis ſonner les cloches ſur le champ. MOI. Et vous fites bien. MON PÉRE. Si j'avais écouté les bonnes femmes & que j'en euſſe eu du remords, je crois que tu n'aurais pas balancé à me ſacrifier ton aumuſſe. MOI. Sans cela, j'aurais mieux aimé être un bon philoſophe, ou rien, que d'être un mauvais chanoine.

Le gros Prieur rentra, & dit ſur mes derniers mots qu'il avait entendus: Un mauvais chanoine! Je voudrais bien ſavoir comment on eſt un bon ou un mauvais Prieur, un bon ou un mauvais chanoine; ce ſont des états ſi indifférens. On ſervit; on diſputa encore un peu contre moi; on plaiſanta beaucoup le Prieur ſur ſa déciſion du chapelier & le peu de cas qu'il faiſait

des

des Prieurs & des Chanoines. On lui proposa le cas du testament ; au lieu de le résoudre il nous raconta un fait qui lui était personnel. LE PRIEUR. Vous vous rappellez l'énorme faillite du changeur Bourmont. MON PÉRE. Si je me la rappelle, j'y étais pour quelque chose. LE PRIEUR. Tant mieux. MON PÉRE. Pourquoi tant mieux ? LE PRIEUR. C'est que, si j'ai mal fait, ma conscience en sera soulagée d'autant. Je fus nommé Syndic des créanciers, Il y avait parmi les effets actifs de Bourmont, un Billet de cent écus sur un pauvre marchand grainetier son voisin. Ce Billet partagé au prorata de la multitude des créanciers, n'allait pas à douze sols pour chacun d'eux, & exigé du grainetier c'était sa ruine. Je supposai .... MON PÉRE. que chaque créancier n'aurait pas refusé douze sols à ce malheureux, vous déchirâtes le billet & vous fites l'aumône de ma bourse. LE PRIEUR. Il est vrai ; en êtes vous faché. MON PÉRE. Non. LE PRIEUR. Aiez la bonté de croire que les autres n'en seraient pas plus fâchés que vous, & tout sera dit. MON PÉRE. Mais, Monsieur le Prieur, si vous lacerez de votre autorité privée un billet, pourquoi n'en laceriez vous

pas

pas deux, trois, quatre, tout autant qu'il se trouvait d'indigens à sécourir aux dépens d'autrui ? Ce principe de commisération peut nous mener loin, Monsieur le Prieur : La justice, la justice .... LE PRIEUR. est souvent une grande injustice. Une jeune femme qui occupait le premier descendit ; c'était la gaieté & la folie en personne. Mon pére lui demanda des nouvelles de son mari ; ce mari était un libertin qui avait donné à sa femme l'exemple des mauvaises mœurs qu'elle avait, je crois, un peu suivie, & qui pour échapper de ses créanciers s'en était allé à la Martinique. Madame d'Isigni, c'était le nom de notre locataire, répondit à mon pére : Monsieur d'Isigni ? Dieu merci ! je n'en ai plus entendu parler ; il est peutêtre noyé. LE PRIEUR. Noyé ! Je vous en félicite. MADAME D'ISIGNI. Qu'est-ce que cela vous fait, Monsieur l'Abbé ? LE PRIEUR. Rien. Mais à vous ? MADAME D'ISIGNI. Et qu'est-ce que cela me fait à moi ? LE PRIEUR. Mais on dit .... MADAME D'ISIGNI. Et qu'est-ce qu'on dit ? LE PRIEUR. Puisque vous le voulez savoir, on dit qu'il avait surpris quelques-unes de vos lettres. MADAME D'ISIGNI. Et n'avais-je pas un beau recueil des ſiennes ? .... Et puis voilà une querelle tout à ſait comique entre le Prieur & Madame d'Iſigni ſur les privileges des deux ſexes. Madame d'Iſigni m'appella à ſon ſecours, & j'allais prouver au Prieur que le premier des deux époux qui manquait au pacte, rendait à l'autre ſa liberté : Mais mon pére demanda ſon bonnet de nuit, rompit la converſation, & nous envoya coucher. Lorſque ce fut mon tour de lui ſouhaiter la bonne nuit, en m'embraſſant, il me dit à l'oreille : Je ne ſerais pas fâché, qu'il y eut dans la ville un ou deux citoyens comme toi ; mais je n'y habiterais pas, s'ils penſaient tous de même.

IDYLLES.

3

S. Geſsner inv et f. 1771.

DAPHNÉ ET CHLÖÉ.

DAPHNÉ.

DÉja la lune s'eleve derriere ces montagnes obſcures ; déja ſa douce lumiere brille à travers les arbres qui en couronnent la cime. Quel charme on reſpire en ce lieu ! Chlöé, arrêtons nous encore quelques momens. Mon frere aura ſoin de ramener les troupeaux au bercail.

CHLÖÉ. Ce beau lieu m'enchante ; la fraicheur du ſoir eſt delicieuſe : arrêtons nous encore quelques momens.

Daphné. Vois tu, Chlöé, près de cette roche, le jardin du jeune Alexis. Allons regarder par deſſus la haye de roſes qui l'entoure. C'eſt le plus beau jardin de toute la contrée. Il n'en eſt point dont l'aſpect ſoit ſi riant. Il n'en eſt point de ſi bien cultivé.

Chlöé. Allons Daphné.

Daphné. Aucun berger n'entend auſſi bien qu'Alexis la culture des plantes. N'eſt - ce pas Chlöé !

Chlöé. Non aucun.

Daphné. Comme tout eſt frais, comme tout fleurit ici, ce qui rampe à terre & ce qui s'eleve le long de ces appuis. Là jaillit une ſource pure, elle ſe précipite du haut du rocher, & murmure à travers les ombrages du jardin. Regarde ſur la pointe de ce rocher au deſſus de la caſcade; c'eſt là qu'il a conſtruit un petit berceau de chevrefeüil ! Que du ſein de cet azile on doit bien decouvrir le ſpectacle raviſſant de ces vaſtes campagnes !

Chlöé. Daphné, tu loües avec tranſport, oui, tout ce que nous voïons eſt charmant. Le jardin du jeune Alexis eſt plus beau que tous les jardins de ces cantons. Ses fleurs ſont les plus belles. Il n'eſt point

de

de fontaine dont le murmure ſoit ſi doux, dont l'eau ſoit plus fraiche.

DAPHNÉ. Mais tu ſouris Chlöé.

CHLÖÉ. Non, Daphné, non ; contemple cette roſe que je cueille ; le parfum que tu reſpires n'eſt-il pas plus doux que celui de toutes les roſes du monde ? Seroit-il plus ſuave, ſi l'amour lui-même en eût pris ſoin ?

DAPHNÉ. Chlöé !

CHLÖÉ. Eh ! bien, à quoi ſert d'étouffer le ſoupir qui fait palpiter ton ſein ?

DAPHNÉ. Viens mechante, retirons-nous.

CHLÖÉ. Si promptement ? Non, ce lieu me plait, j'y ſuis ſi bien. Mais, écoute. J'entens du bruit, là ſous l'ombre épaiſſe de ces Lilas, nous ne ſerons point apperçuës. Le vois-tu ! C'eſt Alexis, c'eſt lui-même. Dis-moi doucement à l'oreille. N'eſt il pas plus beau que tous les bergers de ces contrées ?

DAPHNÉ. Ah ! laiſſe moi.

CHLÖÉ. Non, je ne te laiſſe point aller. Il reve. Il ſoupire. Surement quelque bergere s'eſt emparée de ſon cœur. Ma chere enfant, ta main tremble

dans

dans la mienne. Ne crains rien, il n'y a point ici de loup.

Les jeunes bergeres ſe tenaient cachées ſous l'ombre épaiſſe de Lilas, lors qu'Alexis, ſans ſavoir qu'on l'écoutait, éleva ſa voix gracieuſe & chanta ainſi.

O toi, lune pâle & tranquile, ſoi temoin de mes ſoupirs, & vous, bocages paiſibles, combien de fois n'avez-vous pas ſoupiré après moi le nom de Daphné! Tendres fleurs qui repandez vos parſums autour de moi, la roſée du ſoir brille ſur vos feuilles & mes joües ſont humides des larmes de l'amour. Ah! Si j'oſais — que ne puis-je lui dire — Daphné, je t'aime plus que l'Abeille n'aime le printemps.

Je la trouvai l'autre jour à la fontaine. Elle venait de remplir d'eau une cruche peſante. Laiſſe-moi porter ce fardeau trop lourd pour ton bras, lui dis-je d'une voix mal aſſurée: Que tu es bon, reprit-elle, & tout tremblant je pris la cruche peſante. Timide, étouffant à peine mes ſoupirs, je marchai à côté d'elle, les yeux baiſſés, ſans oſer lui dire; Daphné, je t'aime plus que l'abeille n'aime le printemps.

Faible

Faible Narciſſe comme tu panches triſtement la tête à mes côtés. Le matin t'a vu encore dans toute ta fraicheur. Te voilà fletri. C'eſt ainſi que je verrai fletrir ma jeuneſſe, ſi Daphné dedaigne mon amour, alors fleurs charmantes, plantes variées, jusqu'ici mes delices, l'objet de mes ſoins les plus doux, privées de culture vous vous fanerez, car la joïe ſera pour jamais bannie de mon cœur. Etouffées par l'yvraye, la ronce & l'epine vous couvriront de leur funeſte ombrage. Et vous qui portiés des fruits ſi doux, arbriſſeaux plantés de mes mains, dépouillés de toute votre parure, vos tiges deſſechées s'eleveront triſtement ſur ce lieu ſauvage. Et j'y pafſerai le reſte de mes jours dans les ſoupirs & dans les larmes.

Puiſſes-tu, quand mes cendres repoſeront ici, puiſſes-tu dans les bras d'un Epoux plus aimable, plus heureux, gouter au comble de la felicité, ſes plaiſirs les plus touchans! --- Non- Images du deſespoir, pourquoi venez vous tourmenter mon ame! Je vois encore luire quelques rayons d'eſperance. Daphné ne ſourit-elle pas d'un air gracieux, quand d'un pas lent je paſſe devant elle? Aſſis l'autre jour ſur le penchant de la Colline, je jouais de mon chalumeau, pendant qu'elle traverſait la prairie voiſine. Elle ſuspendit ſes pas. À peine l'eus-je apperçüe, que mes levres palpitantes, mes doigts errant incertains ſur le chalumeau, je ne formai plus que des ſons confus. Cependant Daphné s'arrêta pour m'entendre.

O ſi ſon Epoux un jour, je la conduis ſous vos ombrages, alors aimables fleurs, réhauſſez l'éclat de vos couleurs, prodigués lui tous vos parfums, alors jeunes arbriſſeaux, inclinez vers elle vos branches touffües, offrez lui vos fruits les plus doux.

Ainſi chanta Alexis, Daphné ſoupira & ſentit ſa main trembler dans la main de ſon amie. Mais Chloé appellant le jeune berger, Alexis, dit-elle, Daphné t'aime. La voici ſous l'ombre des Lilas. Vien que tes baiſers recueillent les larmes de l'amour qui baignent ſes jouës. D'un air timide il accourut. Mais puis-je dire ſes transports, lorsque Daphné confuſe & panchée ſur le ſein de Chloé, fit l'aveu de ſon amour.

La

LA NAVIGATION.

Il fuit le vaiſſeau qui porte Daphné ſur des rives lointaines. Ah ! que du moins Zéphir ſeul & les amours volent autour d'elle !

Vagues, bondiſſés légérement autour du vaiſſeau ! Lorsque ſes tendres regards repoſent ſur vos jeux folâtres, Dieux ! C'eſt alors qu'elle penſe à moi.

Que des bosquets qui bordent le rivage, les oiſeaux ne chantent que pour toi ! Que les roſeaux & les buiſſons agités par les vents legers t'apellent ſous leur ombre !

O mer, que ta ſurface brillante ſoit toujours paiſible. Jamais plus bel objet ne fut confié à tes flots. L'image du ſoleil qui ſe peint ſur le criſtal de tes ondes eſt moins pure que ſa beauté.

Venus n'avait pas plus d'attraits, lorſque ſortant de la blanche écume des mers, elle monta ſur ſa conque argentée. À ſon aſpect les Tritons enchantés oublierent leurs jeux brüians, oublierent les Nymphes couronnées de joncs.

Ils ne virent plus les regards inquiets ni le ſourire agaçant des Nymphes jalouſes ; plongés dans la plus douce extaſe, leurs yeux ſuivirent encore l'aimable Deeſſe ſous les ombres du rivage.

L'OEILLET.

En ſe promenant dans le jardin, Doris apperçut près de la charmille un oeillet nuancé des plus vives couleurs, il venait d'éclore. Elle s'en approcha, & d'un air ſouriant, elle pencha ſon beau viſage vers la fleur ; Tandis qu'elle ſavourait ſes doux parfums, l'œillet ſemblait baiſer ſes levres. À cette vüe je ſentis mes joues s'enflammer, je me diſais, que ne puis-je, ah! que ne puis-je toucher ainſi ſes levres vermeilles! Daphné ſe retira. Je m'approchai de la charmille. Cueillerai-je, le cueillerai-je, le bel œillet qu'ont touché ſes levres? Ses parfums me delecteraient plus que la roſée ne delecte les fleurs. Déja j'étendais une main empreſſée pour le cueillir, lorſque tout à coup je me dis à moi-même ; quoi? lui ravirai-je l'œillet qu'elle chérit? Non, Doris le placera ſur ſon ſein & ſes doux parfums s'eleveront vers ſon beau viſage, comme l'encens ſacré monte vers l'olimpe, lorsqu'on offre des vœux à la Deeſſe de la beauté.

CLIMENE ET DAMON.

CLIMENE.

Dis-moi, mon bien aimé, que veux-tu faire ici de ce petit autel. A qu'elle divinité doit-il être consacré ?

DAMON. Ignores-tu, ma bien aimée, le charme qui m'attache aux bords de cette onde paisible ? Ne te souvient-il plus qu'aux jours de nôtre enfance, c'était nôtre azile favori ? Là nous n'etions pas plus hauts que cette jeune Ancholie, là s'ecoulaient rapidement nos heures, lors que nous les passions ensemble, occupés aux doux jeux de l'innocence. Voilà, Climene, pourquoi j'éleve ici ce petit autel. J'en dois l'homage au Dieu de la tendresse ; car ses feux, o souvenir qui m'enchante ! ses feux s'allumerent dès-lors au fonds de nos cœurs.

CLIMENE. Ce souvenir, Damon, m'est-il moins doux qu'à toi ? Ecoute, autour de cet autel, je planterai des Mirthes & des Rosiers. Si Pan les protege, leurs rameaux s'éleveront bientôt au-dessus de l'autel & formeront un petit temple de verdure où nous viendrons adorer l'innocence & l'amour.

D'AMON.

DAMON. Vois-tu ces buissons? Ils s'elevent encore en ceintre, quoiqu'incultes maintenant; c'était notre demeure. Nous en avions élevé la voute aussi haut que nous pouvions atteindre, cependant un chevreau de ses cornes en eut brisé le faîte, tant il était élevé. Des branches d'Ozier en formaient les murs & un petit grillage de roseaux fermait l'entrée de notre habitation. Qu'elles étaient delicieuses toutes les heures que nous passions ensemble dans cette aimable retraite.

CLIMENE. N'avais-je pas planté devant notre maison un petit jardin? ne l'avions nous pas entouré d'une haye de joncs? une brebis l'eut broutée dans un instant, tant elle était grande.

DAMON. La faveur des Dieux peut-elle reposer sur la maison où il n'y a point d'enfans. Tu avais trouvé une petite image mutilée de l'amour. En bonne mere, tu lui prodiguais tes soins & tes caresses, une coquille de noix était son lit. Là bercé par tes chants il reposait sur des feuilles de rose.

CLIMENE. Ouï, Damon. Et ce Dieu recompensera les soins ingenus de notre enfance.

DAMON. Un jour j'avais fait une petite cage

de

de jonc. J'y renfermai une cigale & t'en fis présent. Tu voulus la tirer de sa cage pour badiner avec elle, mais tandis que tu la tenais, en s'efforçant de s'echapper, elle laissa une de ses petites jambes entre tes doigts. Tremblante de douleur la cigale resta collée sur la tige d'une fleur. Regarde, disais-tu, ah regarde le pauvre petit oiseau, comme il frissonne! tu souffres, & c'est moi qui suis la cause de ton mal. Tes yeux étaient mouillés de larmes & je jouissais de te voir si tendre & si compatissante.

CLIMENE. Ta bonté, Damon, me parut bien plus touchante, le jour que mon frere enleva de leur nid deux petites Linottes. Donne-moi, lui dis-tu, les petits oiseaux. Mais il ne te les donna point. Je t'en donnerai cette houlette. Vois avec quel soin, avec quel art j'ai sçu l'orner, en faisant serpenter autour du baton blanc cette écorce brune & ces rameaux verds. Le troc fut accepté: Dès qu'il t'eut donné les petits oiseaux, tu les mis dans ta pannetiere, & montant sur l'arbre tu les posas doucement dans leur nid. Des larmes de joie baignerent alors mes joues, si je ne t'avais point encore aimé, je t'aurais aimé de ce moment.

DAMON.

DAMON. Ainſi s'écoulerent delicieuſement les jours de ton enfance lorsque dans nos jeux, j'étais ton mari & que tu étais ma femme.

CLIMENE. Auſſi m'en ſouviendrai-je encore avec transport au declin de mes jours.

DAMON. Qu'ils ſeront heureux tous les inſtans de nôtre vie, ſi au retour de la nouvelle lune, ainſi l'a promis ta mere, Hymen realiſe ce qui jusqu'ici ne fut qu'un jeu d'enfans.

CLIMENE. Si les Dieux favorables daignent benir nos deſtinées, jamais mon ami, non jamais époux n'auront été plus heureux que nous.

LA MATINÉE D'AUTOMNE.

Déja les premiers rayons du ſoleil doraient la cime des montagnes & annonçaient le plus beau jour d'automne, lorſque Milon ſe mît à ſa fenêtre. Le ſoleil brillait deja à travers les pampres dont la verdure melée de jaune & de pourpre, formait au-deſſus de la fenêtre un berceau de feuillage, qu'agitait doucement le ſoufle leger des vents du matin. Le Ciel était ſerein, une mer de brouillards couvrait la vallée; ſemblables à des iles les collines les plus hautes avec leurs cabanes fumantes & la parure bigarée de l'automne, s'élevaient du ſein de cette mer à la clarté du ſoleil. Les arbres chargés de fruits mûrs offraient à l'œil le mélange piquant de mille nuances de jaune & de pourpre avec quelques reſtes de verdure. Milon dans un doux raviſſement laiſſait errer ſes regards ſur cette vaſte contrée. Tantôt au loin, tantôt plus près il entendait le bêlement joyeux des brebis, les flûtes des bergers & le gazouillement des oiſeaux qui tour-à-tour ſe pourſuivaient dans le vague des

des airs, ou ſe perdaient dans le brouillard de la vallée. Plongé dans une reverie profonde, il reſta longtems immobile. Mais ſoudain tranſporté d'un ſaint enthouſiasme il prit la lyre qui était ſuspendue au mur & chanta ainſi :

„ Puiſſe-je, o Dieux! Puiſſe-je exprimer mes transports & ma reconnaiſſance par des chants dignes de vous? La nature épanouïe brille dans toute ſa beauté. Ses richeſſes ſe repandent avec profuſion. Partout regnent la joye & la gaité. Le bonheur de l'année ſourit dans nos vignes, & dans nos vergers. Qu'elle eſt belle toute cette contrée! Qu'elle eſt belle dans la parure bigarée de l'automne!

Heureux celui dont le cœur pur n'eſt rongé d'aucun remords, qui ſatisfait de ſa fortune goute ſouvent le bonheur de faire du bien. La ſerenité du matin le reveille & l'invite à la joie. Ses jours ſont pleins de charmes & la nuit vient le ſurprendre dans les bras du ſom̃eil le plus doux. Son ame eſt toûjours ouverte aux impreſſions du plaiſir? La beauté variée des ſaiſons l'enchante, & lui ſeul jouït de tous les tréſors de la nature.

Mais doublement heureux eſt celui qui partage ſon bonheur avec une compagne que formerent les graces & la vertu, avec une compagne telle que toi, ma chere Daphné. Depuis qu'Hymen unit nos deſtinées, il n'eſt point de bonheur qui ne ſoit plus touchant pour moi. Ouï depuis qu'Hymen unit nos deſtinées, elles ſont comme les accords de deux flûtes dont les accents purs & doux repetent le même air ; quiconque l'entend eſt penetré de joïe. Mes yeux decelerent-ils jamais un deſir que tu ne l'aïes rempli ? Ai-je jamais gouté quelque bonheur que le tien ne l'eût augmenté ? Jamais un chagrin m'a-t-il pourſuivi juſques dans tes bras, que tu ne l'aïes diſſipé comme le ſoleil au printems diſſipe les brouillards ? Oui le jour que je te conduiſis, mon épouſe, dans ma cabane, j'ai vu tous les charmes de la vie voler à ta ſuite & ſe joindre à nos Penates, pour ne plus nous quitter. L'ordre domeſtique, la propreté, le courage & la joye préſident à tous les travaux & les Dieux ſe plaiſent à benir ton ouvrage.

Depuis que tu és la félicité de mon cœur, depuis que tu l'és, o Daphné, tout ce qui m'entoure s'embellit à mes yeux, la benediction s'eſt repoſée ſur ma cabane.

cabane. Elle ſe repand ſur mes troupeaux, ſur mes plantes & ſur mes recoltes. Le travail de chaque journée eſt une jouïſſance nouvelle, & quand je reviens fatigué ſous ce toit paiſible, quel charme de me ſentir ſoulagé par tes tendres empreſſemens! Le printemps me ſemble plus riant, l'automne & l'été plus riches; & quand l'hyver couvre notre habitation de ſes triſtes frimats, alors près de nos foyers aſſis à tes cotés, je goûte au milieu des ſoins les plus touchans & des entretiens les plus doux, je goûte le charme délicieux de la ſecurité domeſtique. Que les aquilons ſe déchainent, que la chûte des neiges cache à mes yeux toute la contrée! Renfermé près de toi, je ſens o ma Daphné, je ſens mieux encore que tu és tout pour moi. Vous mettés le comble à ma felicité, aimables enfans; parés de toutes les graces de votre mere, de quelles faveurs celeſtes ne nous offrés-vous pas l'éſpérance? Le premier mot que Daphné vous apprit à begayer, ce fut pour me dire que vous m'aimiés; la ſanté & la gaieté ſourient dans tous vos traits, & la douce complaiſance regne déjà dans vos yeux. Vous êtes les delices de notre jeuneſſe. Votre bonheur ſera l'appui de nos vieux jours. Quand de retour

 des

des champs, ou des paturages, vous m'appellés dès l'entrée de la cabane par vos cris de joie ; quand suspendus à mes genoux vous recevés avec les transports de l'innocence mes petits présens, les fruits que j'ai cueillis, ou les petits instrumens que j'ai sculptés en gardant les troupeaux, pour former vos mains, quoique faibles encore, à la culture des champs & des jardins ; Dieux ! combien me touche alors la douce ingenuité de vos plaisirs ! Dans mon ravissement, o ma Daphné, je vole dans tes bras ouverts : Avec quelle grace charmante tu baises les larmes de joïe qui coulent de mes yeux ! „

Tandis qu'il chantait ainsi, Daphné entra, tenant sur chacun de ses bras un enfant plus beau que l'amour. Le matin rafraichi par la rosée est moins touchant que l'étoit Daphné, les jouës couvertes de larmes de joie, o mon ami ! dit-elle en soupirant, que je suis heureuse, nous venons, ah nous venons te remercier de ce que tu nous aimes.

À ces mots, il les pressa tous trois dans ses bras. Ils ne parlaient pas, ils jouïssaient. Ah ! qui les eut vus dans cet instant, eut senti jusqu'au fond de l'ame, que la vertu seule est heureuse !

Le

LE VOEU.

PErmettez, o Nimphes, permettez que l'eau de votre ſource lave la bleſſure dont mon flanc eſt déchiré! Faites o Nimphes de cette fontaine, faites que cette eau me ſoit ſalutaire! Ce n'eſt point le reſſentiment, ce n'eſt pas l'inimitié qui a fait couler ce ſang. Le jeune fils d'Aminte, aſſailli par un loup, a fait retentir le bois de ſes cris, & ſoudain, graces aux immortels, j'ai pu voler à ſon ſecours. Tandis que la bête cruelle ſe debattait encore ſous mes coups, d'une dent acerée, elle m'a déchiré le flanc. O Nimphes ne ſoïés point irritées, ſi le ſang qui coule de ma bleſſure trouble votre onde limpide. Demain au point du jour, je viendrai ſur ce bord vous immoler un Chevreau, blanc, comme la neige qui vient de tomber.

LES ZEPHIRS.

PREMIER ZEPHIR.

Pourquoi voltiger ainſi ſans deſſein parmi ces roſiers ? Viens, volons enſemble au fonds de ce vallon. Ces ombrages cachent les Nimphes qui ſe baignent dans les eaux transparentes de l'etang.

SECOND ZEPHIR. Je ne te ſuivrai point. Va folatrer autour de tes Nimphes. Un ſoin plus touchant m'occupe ici : Je rafraichis mes ailes dans la roſée qui baigne ces fleurs, & j'y recueille d'agréables parfums.

PREMIER ZEPHIR. Eſt - il un ſoin plus doux que celui de ſe mêler aux jeux des Nimphes qui ne reſpirent que la gaïté ?

SECOND ZEPHIR. Une jeune fille, belle comme la plus jeune des graces paſſera bientôt ſur ce ſentier. Au retour de chaque aurore, tenant ſous le bras une corbeille le toute pleine, elle va à cette cabane ſur le ſommet de la Colline. L'apperçois-tu ? C'eſt celle dont le toit de mouſſe reflechit les premiers rayons du jour. C'eſt-là que Melinde porte du ſoulagement à l'indigence. Une femme vertueuſe mais infirme & pauvre occupe cette humble chaumiere. Deux enfans dans la prémiere fleur de l'iñocence pleureraient de faim au pied du lit de leur mere infortunée, ſi Melinde n'etait pas leur ange tutelaire. Ravie d'avoir conſolé l'indigence, elle va revenir, ſes belles joües animées d'un ſentiment de joïe & ſes beaux yeux baignés encore des larmes de la pitié. J'attens ſon retour dans ce buiſſon de Roſes. Dès que je la verrai paroitre je volerai à ſa rencontre, & mes ailes repandant autour d'elle les plus doux parfums, rafraichiront ſes joües brulantes, & je baiſerai les pleurs prêts à s'échapper des ſes yeux. Voilà le ſoin qui m'occupe.

Premier Zephir. Tu m'attendris : que le ſoin qui t'occupe eſt doux. Je veux comme toi rafraichir mes ailes dans la roſée qui baigne ces fleurs, comme toi, j'y veux recueillir des parfums, & comme toi je veux au retour de Melinde voler au devant d'elle. Mais la voilà qui ſort du bocage. Belle comme le matin d'un beau jour, la vertu ſourit ſur ſes levres de roſe. Son maintien eſt celui des graces. Allons deploïons nos ailes. Je n'ai jamais rafraichi des jouës plus vermeilles, un viſage plus enchanteur.

AMYNTAS.

Nous venions de Milete, Lycas & moi, porter notre offrande à Apollon. Déja nous appercevions de loin la Colline ſur laquelle le temple orné de colonnes d'une blancheur éclatante, s'eleve du ſein d'un bois de lauriers vers la voute azurée des cieux ; plus loin nos yeux ſe perdaient ſur la plaine immenſe des mers. Il était midi. Le ſable brulait la plante de nos pieds, & le ſoleil dardait ſi directement ſes rayons ſur nos têtes, que les boucles de cheveux qui couvraient notre front prolongeaient leurs ombres ſur tout le viſage. Le Lezard haletant ſe trainait à peine à travers la fougere qui bordait le ſentier. On n'entendait que la cigale & la ſauterelle gazouiller ſous l'herbe brulée des près: À chaque pas, il s'elevait une pouſſiere enflamée qui nous brulait les yeux & ſe collait ſur nos levres deſſechées. Nous graviſſions ainſi, accablés de langueur ; mais bientôt nous hâtames le pas, lorsque nous apperçûmes devant nous, ſur le bord même du chemin, quelques arbres hauts & touffus. Leur ombrage était auſſi ſombre que la nuit. Saisis d'un fremissement religieux, nous entrames dans ce bocage où l'on respirait la plus douce fraicheur. Ce lieu de delices offrait, à la fois, tout ce qui pouvait récréer nos sens. Ces arbres touffus entouraient un parterre de gazon, arrosé par une source de l'eau la plus pure & la plus fraiche. Des branches chargées de poires & de pommes dorées, s'inclinaient vers le bassin, & les troncs des arbres étaient entrelacés de fertiles buissons, de l'églantier, de la groseille & du mûrier sauvage. La fontaine sortait en bouillonnant du pied d'un tombeau entouré de chevrefeuils, de saules & du lierre rampant. O Dieux! m'ecriai-je, quel charme on respire en ce lieu! mon cœur benit celui dont la main bienfaisante a planté ces doux ombrages. C'est ici peut-être que reposent ses cendres. Voici, dit Lycas, voici quelques caracteres que j'apperçois entre ces rameaux de chevrefeuil, sur le frontispice du tombeau. Peut-être nous apprendront-ils quel est celui qui daigna pourvoir au soulagement du voyageur fatigué. Il souleva les rameaux avec son bâton, & lut ces mots:

„ Ici reposent les cendres d'Amyntas. Sa vie entiere „ ne fut qu'une chaine de bienfaits, voulant encore faire

„ du

„ du bien longtems après sa mort, il conduisit cette source en ce lieu, il y planta ces arbres. „

Que ta cendre soit benie, homme généreux ! Que tous les tiens, que tous ceux que tu laissas après toi soient benis à jamais ! En disant ces mots, je vis de loin sous les arbres quelqu'un s'avancer vers nous. C'était une femme jeune & belle, d'une taille suelte, d'un port noble & simple, elle portait un vase de terre sous son bras, & s'approchant de la fontaine : je vous salue, nous dit-elle d'une voix gracieuse. Vous étes étrangers, accablés sans doute du long chemin que vous avés fait durant la chaleur du jour. Dites moi, auriés-vous besoin de quelques rafraichissemens que vous n'ayés point trouvés ici ? nous te remercions, lui repondis-je, nous te remercions, femme aimable & bienfaisante. Que pourrions nous desirer encore ? L'eau de cette fontaine est si pure, ces fruits si delicieux, ces ombrages si fraix. Nous sommes pénétrés de veneration pour l'homme de bien dont la cendre repose ici : Sa bienfaisance a prevenu tous les besoins du voyageur ; tu parais être de cette contrée, tu l'as connu sans doute : Ah ! dis-nous tandis que nous reposons à la fraicheur de ces ombres, dis-nous quel fut cet homme vertueux.

Alors

Alors cette ſemme s'aſſit ſur le pied du tombeau, poſa ſon vaſe de terre à ſon coté & s'appuyant deſſus elle reprit avec un ſourire gracieux.

Amintas était ſon nom. Honorer les Dieux, faire du bien aux hommes, c'était pour lui le bonheur le plus doux. Dans toute cette contrée il n'eſt pas un berger qui ne revere ſa memoire avec la reconnoiſſance la plus tendre, il n'en eſt pas un qui ne raconte, en verſant des larmes de joïe, quelque trait de ſa droiture ou de ſa bonté. Moi-même je lui dois tout, c'eſt par lui que je ſuis la plus heureuſe des femmes .... Ici ſes yeux ſe remplirent de larmes ... la femme de ſon fils ... Mon pére était mort, il nous avait laiſſé ma mere & moi dans la douleur & dans la pauvreté. Retirées dans une cabane ſolitaire nous y vivions du travail de nos mains & des bienfaits de la vertu. Deux chevres nous donnaient leur lait, un petit verger ſes fruits. C'étaient là tous nos treſors. Le Calme dont nous jouïſſions ne dura pas longtems. Ma mere mourut & je reſtai ſeule ſans appui, ſans conſolation; Amintas alors me prit dans ſa maiſon, me laiſſa la conduite du ménage & fut plutót mon pére que mon maitre. Son fils, le meilleur

meilleur, le plus beau berger de ces hameaux vit la tendre inquietude avec laquelle je tâchai de meriter un ſi doux azile. Il vit mes travaux fideles & mes ſoins aſſidus, Il m'aima & me dit qu'il m'aimait. Je ne voulus point m'avouer à moi-même ce que mon cœur éprouva dans ce moment. Damon, lui dis-je, oublie ton amour, je ſuis née dans l'indigence & trop heureuſe de ſervir dans ta maiſon, je le lui répétai ſouvent avec inſtance. Mais il n'oublia point ſon amour; un matin que j'étais à l'entrée de la cabane occupée à préparer pour le travail la laine des troupeaux, Amintas rentra & s'aſſit à côté de moi, au ſoleil du matin; après m'avoir regardée longtemps avec un ſourire plein de bonté: Mon enfant, me dit-il, ta candeur, tes ſoins, ta modeſtie me charme; je t'aime, & je veux, ſi les Dieux nous favoriſent, je veux te voir heureuſe. Puis-je, o mon cher maitre, puis-je être plus heureuſe, ſi je merite vos bienfaits? c'eſt tout ce que je pus lui répondre, & des larmes de reconnaiſſance coulerent de mes yeux. Mon enfant, me dit-il, je voudrais honorer la memoire de ton pére & de ta mere. Dans ma vieilleſſe je voudrais voir le bonheur de mon

fils

fils & le tien. Il t'aime, ſon amour, dis-moi, ſon amour te rendra-t-il heureuſe? L'ouvrage échappa de mes mains, tremblante je rougis & reſtai immobile devant lui. Il me prit la main, l'amour de mon fils, me dit-il encore une fois, ſon amour te rendra-t-il heureuſe? Je tombai à ſes pieds, ma voix expira ſur mes levres, je preſſai ſa main contre mes jouës mouillées de larmes, & depuis ce jour fortuné, je ſuis la plus heureuſe des femmes. Après un moment de ſilence, elle reprit ainſi, en s'eſſuyant les yeux; tel était l'homme qui repoſe ſous cette tombe. Vous deſirés encore de ſavoir comment il a conduit ici cette ſource, comment il a planté ces arbres. Je vais vous le raconter.

Dans ſes derniers jours il venait ſouvent s'aſſeoir ici ſur le bord du chemin; d'un air affable & doux il ſaluait les paſſans, & offrait des rafraichiſſemens au voyageur fatigué. Eh? quoi, dit-il un jour, ſi je plantais ici quelques arbres fruitiers, ſi ſous leur ombrage, je conduiſois une ſource fraîche & limpide; l'eau & l'ombre ſont loin de ces lieux; je ſoulagerais encore longtems après moi & l'homme fatigué & celui qui languit aux ardeurs du midi. Ce deſſein fut promptement exécuté:

exécuté : il fit conduire ici la ſource la plus pure, & à l'entour il planta des arbres fertiles dont les fruits muriſſent en differentes ſaiſons. L'ouvrage achevé il ſe rendit au temple d'Apollon, & ayant préſenté ſon offrande il fit cette priere „ O Dieu ! fais proſperer les jeunes „ arbres que je viens de planter, que l'homme religieux „ qui va à ton temple puiſſe ſe récréer ſous leur om-„ brage. „

Le Dieu avait exaucé ſa priere. Amintas s'étant réveillé de bonne heure le jour ſuivant, ſes premiers regards ſe porterent ſur le chemin ; quel fut ſon raviſſement, lorſqu'à la place des arbriſſeaux qu'il avait plantés la veille, il vit des arbres hauts & touffus ; ô Dieux! s'ecria-t-il que vois-je? ô mes enfans, dites-moi, eſt-ce un ſonge qui me trompe ? je vois les arbriſſeaux, que j'ai plantés hier, changés en arbres forts & puiſſants. Remplis d'une ſainte admiration nous allâmes tous au bocage. Déjà les arbres dans toute leur vigueur étendaient au loin leurs branches touffuës, déjà l'extremité de leurs rameaux cedant au poids des fruits murs ſe courbait juſques ſur le gazon fleuri. O prodige, dit le vieillard, dans l'hyver de mes ans je me promenerai encore ſous ces ombres ! nous rendimes graces & nous ſacrifiames au Dieu qui avait accompli, qui avait même ſurpaſſé les vœux d'Amintas. Mais, helas ! ce vieillard cheri des Dieux n'habita plus longtemps ſous ces berceaux. Il mourut & nous l'avons enſeveli dans ces lieux, afin que tous ceux qui repoſeront ſous cet ombrage beniſſent ſa cendre.

À ce recit, penetrés de reſpect nous benîmes la cendre de l'homme de bien & nous dîmes à ſa fille „ cette ſource nous a paru bien douce, la fraicheur de „ cette ombre nous a recréés, mais bien plus encore „ le recit que tu viens de nous faire ; que les Dieux „ beniſſent tous les inſtans de ta vie ! „ & plein d'un ſentiment religieux nous portames nos pas au temple d'Apollon.

6.

THYRSIS.

C'eſt en-vain, diſait Thyrſis en ſoupirant ſa peine, c'eſt en-vain, Nymphes propices, que vous repandés une ſi douce fraicheur ſous ces ombres. Ce n'eſt pas pour moi, que vos urnes verſent leur onde limpide à l'abri de ces berceaux. Je languis, helas! comme on languit aux ardeurs des jours de la moiſſon: Aſſis au pied de la colline ſur laquelle repoſe la cabane de Chloé, je repetais à l'echo un air tendre. Le ſommet de la colline eſt ombragé par un jardin fruitier, qu'elle même cultive. A mes cotés tombait en murmurant le ruiſſeau qui ſerpente à travers le verger. Souvent dans ſes ondes, elle rafraichit ſes mains & ſes jouës de roſes ... Soudain j'entendis le bruit du verrou qui ferme la porte du jardin. Chloé en ſortit. un doux Zephir ſe jouait dans ſa blonde chevelure. Qu'elle était belle! Dans l'une des ſes mains elle tenait une jolie corbeille remplie des plus beaux fruits; de l'autre, (la pudeur veille, lors même qu'elle ne ſoupçonne aucun temoin;) de l'autre elle ſerrait ſa robe contre ce ſein naiſſant que le jeu des Zéphirs s'efforçait de decouvrir. Mais ſa robe legere s'inſinuant dans les contours gracieux de ſa taille & de ſes genoux, flottait derriere elle au gré des airs, avec un doux fremiſſement. Tandis que Chloé paſſait ainſi ſur le haut de la colline, deux pommes tomberent de ſa corbeille & roulerent jusqu'à l'endroit où j'etais, comme ſi l'amour lui-même en eût dirigé le cours. Je les ramaſſe, je les preſſe ſur mes levres & les portant ainſi au ſommet de la colline, je les rends à la jeune Chloé. Ma main tremblait, je voulais parler, je ne fis que ſoupirer. Cependant Chloé baiſſa les yeux, une aimable rougeur ſe repandit ſur ſes jouës. Elle ſourit d'un air gracieux, rougit d'avantage, & me fit don de la plus belle pomme. Timides tous deux, nous reſtames immobiles. Helas! quel ſentiment j'eprouvai! Puis d'un pas lent elle reprit le chemin de ſa demeure. Mes regards fixés ſur elle ne ceſſerent de la ſuivre. Avant d'entrer dans ſa cabane, elle s'arrêta, & d'un air affable, je la vis ſe tourner encore vers moi, mes yeux longtemps après l'avoir perduë, demeurerent attachés au ſeuil de ſa porte. Je deſcendis enfin de la colline, mes

genoux

genoux tremblaient ſous moi. Amour, tendre amour! Seconde mes vœux! Helas! ce que j'ai ſenti depuis ce moment, ne s'effacera jamais de mon cœur.

A L'AMOUR.

Aimable Dieu de Cypris, ce fut le premier jour de Mai que j'elevai pour toi cet autel au fonds du jardin, je le couvris d'un berceau de Mirthes & de roſes. Amour! ſur cet autel ne t'ai-je pàs offert tous les matins une guirlande de fleurs toute humide encore des pleurs de l'aurore? mais helas! tu te ris de mes vœux. Déjà les aquilons fanent la verdure des arbres & des prés, Phyllis --- Phyllis eſt toujours cruelle comme le premier jour de Mai.

DAPHNIS.

Pendant une belle nuit d'eté, Daphnis s'était glissé auprès de la cabane de sa bergére. L'amour connait peu le sommeil.

La vaste étenduë des cieux était parsemée d'étoiles brillantes. La lune répandait ses douces clartés à travers l'ombre obscure des forêts. Toute la contrée était calme & sombre ; & tout semblait respecter le repos de la nature. On ne voyait plus que les étincelles du flambeau de la nuit sautiller encore sur l'onde gazouillante des ruisseaux, & quelques vers luisans errer dans l'obscurité. Toute autre lumiere était eteinte.

Daphnis plongé dans une douce mélancolie s'assit vis-à-vis de la cabane de sa maitresse. Ses yeux demeuraient attachés sur la fenêtre de la chambre où elle dormait. La fenêtre était entr'ouverte aux vents legers du soir & aux doux rayons de la lune. Daphnis, à demi voix se mit à chanter ainsi.

Que ton sommeil soit tranquille, o ma bien aimée !

Qu'il

Qu'il ſoit rafraichiſſant comme l'air du matin ! repoſe doucement ſur ta couche, ainſi qu'une goutte de roſée ſur la feuille de Lys, lors qu'aucun ſouffle n'agite les fleurs ! Comment le ſommeil de l'innocence ne ſerait-il pas paiſible !

Deſcendés des cieux, doux ſonges, vous qui ſuivés la troupe aimable des jeux & des ris, deſcendés ſur les rayons de la lune & volés auprès de ma bergére. N'offrés à ſes yeux que de riantes campagnes, des pâturages toujours verts & des brebis plus blanches que leur lait !

Qu'elle imagine entendre le concert des plus douces flutes retentir dans ce Vallon ſolitaire comme ſi c'était Apollon lui-même qui en jouât ! Qu'elle croïe ſe baigner dans une ſource d'eau pure, à l'abri d'une voute de jasmins & de myrthes, apperçuë ſeulement des oiſeaux qui voltigent de branche en branche & ne chantent que pour elle ! qu'il lui ſemble partager les jeux des graces ! qu'elles l'appellent leur amie & leur ſœur ! qu'allant cueillir enſemble des fleurs dans la plus belle prairie, les Guirlandes que Phyllis treſſe ſoient pour les graces, celles des graces pour elle !

Aimables

Aimables ſonges! conduiſés là ſous des berceaux entrelaſſés de fleurs & de verdure! Que de petits amours s'y pourſuivent en folatrant autour d'elle, comme des abeilles autour de la plus jeune des Roſes. Qu'un de ces eſſains charmans vole à ſes pieds, chargé du fardeau d'une pomme odorante. Qu'un autre eſſain lui apporte une grappe transparente & vermeille, tandis que d'autres encore agitent les fleurs de leurs ailes pour l'embaumer des plus délicieux parfums!

Qu'au fonds du boccage, le Dieu de Paphos ſe montre à ſes yeux! mais ſans fléches & ſans carquois, de peur d'allarmer ſa timide innocence, qu'il ſoit paré ſeulement de tous les attraits de ſa belle jeuneſſe!

Doux ſonges! Daignés enfin lui offrir auſſi mon image. Qu'elle me voye languiſſant à ſes pieds! baiſſer les yeux & lui dire d'une voix entrecoupée, que je meurs d'amour pour elle! Jamais, non jamais encore je n'oſai le lui dire, Ah! puiſſe à ce réve un ſoupir faire palpiter ſon ſein! Puiſſe-t-elle alors me ſourire & rougir! Que ne ſuis-je beau comme Apollon lors qu'il gardait les troupeaux! Que mes chants ne ſont-ils auſſi mélo-

dieux

dieux que ceux du Roſſignol ! Et que n'ai-je toutes les vertus pour mériter ſon amour !

Ainſi chanta le berger, & il reprit le chemin de ſa chaumiere, au clair de la lune. Les ſonges de l'eſpérance lui adoucirent le reſte des heures de la nuit. Au point du jour, il mena ſon troupeau ſur le penchant de la colline où était la cabane de Phyllis.

Ses brebis marchaient lentement & paiſſaient ſur les deux bords du chemin. Paiſſés moutons, paiſſés jeunes agneaux, il n'eſt point de meilleurs paturages. La verdure, où Phyllis porte ſes regards, devient plus belle & les fleurs s'empreſſent à embellir ſes pas.

Il parlait ainſi & Phyllis parut à ſa fenêtre. Le ſoleil du matin éclairait ſon beau viſage. Il vit, qu'elle le regardait avec un doux ſourire. Il vit même qu'une rougeur plus vive colorait ſes jouës. À pas lents & le cœur palpitant de joye, il paſſa devant elle. Elle le ſalua d'un air aimable, & ſes regards le ſuivirent avec complaiſance; car elle avait entendu les chants de la nuit.

CORYDON ET MENALQUE.

CORYDON.

J'avais apporté mon offrande à l'amour dans le petit temple de Marbre. J'avais suspendu aux Mirthes qui l'environnent, une petite corbeille d'osier proprement entrelacé, des guirlandes de fleurs nouvelles & ma meilleure flûte. J'invoquai l'amour & je lui dis: O tendre amour, daigne sourire au vœu de mon cœur! — Eh! bien, Menalque, passant hier devant le temple, je suis entré dans le bosquet de Mirthes. J'ai voulu revoir ma petite corbeille & voici ce que j'y ai vû. Un oiseau du plus joli plumage était penché sur le bord du panier. Il y chantait ses amours. Je m'en approchai, il s'envola; je regardai dans ma corbeille; j'y trouvai un nid soigneusement arrangé, & de petits œufs qui venaient d'éclorre. La mére inquiete & tremblante cherchait à les couvrir de ses aîles, & me regardait comme si elle eut voulu me dire, jeune berger, ne trouble point ce doux ménage. Je me retirai. Soudain le mâle qui voltigeait autour

tour de mon front & de mes cheveux revint se poser sur le bord de la corbeille; & je les entendis célébrer par le plus doux gazouillement leur joïe & leurs tendresses. Dis-moi maintenant, cher Menalque, toi qui expliques tous les présages, dis, que m'annonce celui-ci?

MENALQUE. Qu'unis au sein d'une félicité pure, ta bergere & toi vous coulerés des jours paisibles & que Junon Lucine benira vos amours.

CORYDON. J'en jure par les Dieux immortels! C'est aussi ce que je pensais. Mais pour m'en assurer, j'ai voulu consulter ta sagesse. Prens ce chevreau blanc & cette cruche pleine de miel; il est doux comme les levres de ma bergére & pur comme l'air des cieux. Je t'en fais don. Il dit & s'en alla en sautant de joye comme une jeune chevre qui bondit dans la rosée de Mai.

GLICERE.

Glicére était belle & pauvre. À peine avait-elle vû seize printems qu'elle perdit la mére qui l'avait élevée. Réduite à servir, elle gardait les troupeaux de Lamon qui cultivait les terres d'un riche citoyen de Mityléne. Un jour, les yeux baignés de pleurs, elle alla visiter la tombe isolée où reposait sa mére ; elle y versa une coupe d'eau pure & suspendit des couronnes de fleurs aux rameaux des arbustes, qu'elle avait plantés autour du tombeau. Assise sous ce triste ombrage, elle dit en essuyant ses larmes. „ O la plus tendre des méres, que le souvenir de tes vertus est cher à mon cœur ! Tu viens de sauver mon innocence. Si jamais j'oublie les instructions que tu me donnas avec un sourire si paisible dans ce moment funeste après lequel, reposant la tête sur mon sein, je t'y vis expirer ; si jamais je les oublie, je consens, que les Dieux favorables m'abandonnent, & que ton ombre sainte me fuye à jamais ! O ma Mére ! C'est toi qui viens de sauver mon innocence

cence. Je vais tout raconter à tes manes. Infortunée que je ſuis ! Eſt-il quelqu'un ſur la terre, à qui j'oſe ouvrir mon ame ? Nicias, le Seigneur de ces lieux était venu jouïr des plaiſirs de l'automne. Il me vit, il me regarda d'un air doux & gracieux, vanta mes troupeaux & le ſoin que j'en prenais, me dit ſouvent que j'étais gentille & me fit des preſens. Dieux! Que je m'abuſais ! Mais aux champs a-t-on de la défiance ? Je me diſais : Qu'il eſt bon notre maitre ! Que les Dieux puiſſent le benir ! Tous mes vœux feront pour lui. C'eſt tout ce que je puis faire. Mais je le ferai ſans ceſſe. Les riches ſont heureux, & chéris des immortels. Bienfaiſans comme Nicias ils méritent bien de l'être. C'eſt ce que je diſais en moi-même, & je lui laiſſais prendre ma main & la preſſer dans la ſienne. L'autre jour je rougis & n'oſai lever les yeux, lorſqu'il mit une bague d'or à mon doigt ; vois-tu, me dit-il, ce qui eſt gravé ſur cette pierre ? Cet enfant ailé, il ſourit comme toi, & c'eſt lui qui doit te rendre heureuſe. En me diſant ces mots, ſa main careſſait mes jouës plus rouges que le feu. Il t'aime, il a pour toi la tendreſſe d'un pére.

Par où peux-tu mériter tant de bontés d'un Seigneur si riche & si puissant ! O ma mére, c'est tout ce que pensait encore ta pauvre enfant. Ciel ! quelle était mon erreur ! Ce matin m'ayant trouvée dans le verger, il m'a passé familiérement la main sous le menton. Vien, m'a-t-il dit, vien m'apporter dans le berceau de Mirthes des fleurs nouvelles. Que j'y jouïsse de leur doux parfum ! Je m'empresse à choisir les plus belles fleurs & pleine de joye j'accours au berceau. Zéphir est moins leger, me dit-il, & la Déesse des fleurs est moins belle que toi. Alors, Dieux immortels ! j'en fremis encore, il m'entraine dans ses bras, me presse contre son sein, & tout ce que l'amour peut promettre, & tout ce qu'il peut dire de plus doux & de plus séduisant, coule de ses lévres. Je pleurais : Je tremblais. Trop foible pour résister à la séduction, à jamais j'eusse été malheureuse. Non, tu n'aurais plus d'enfant, si ton souvenir n'eut veillé sur mon cœur. Ah ! si jamais ta respectable mére t'avait vû souffrir d'indignes caresses ! Cette pensée seule me donna la force de m'arracher aux bras du séducteur & de m'enfuir. A présent, je viens, qu'il m'est doux de l'oser encore ! je viens pleurer sur ta tombe. Hélas ! Pauvre ! Infortunée ! faut-il que je t'aye perduë ſi jeune ! je languis comme cet œuillet privé du ſeul appui qui ſoutenait ſa tige tremblante. Voici une coupe d'eau pure que je verſe à l'honneur de tes manes. Agrée ces guirlandes ! Reçoi mes larmes ! Puiſſent-elles pénétrer juſqu'à toi ! Ecoute, o ma mére, écoute, c'eſt à ta cendre qui repoſe ici ſous ces fleurs, que mes yeux ont tant de fois arroſées, c'eſt à ton ombre ſainte que je renouvelle le vœu de mon cœur. La vertu, l'innocence & la crainte des Dieux feront le bonheur de ma vie. Ainſi l'indigence ne troublera jamais la ſerenité de mes jours. Que je ne faſſe rien que tu n'euſſes approuvé du ſourire de ta tendreſſe, & je ſuis ſure d'être comme tu l'as été, chérie des Dieux & des hommes : car je ſerai douce & modeſte, & j'aimerai le travail. O ma mere, en vivant ainſi, j'eſpere mourir comme tu mourus, en ſouriant & en verſant des larmes de joye. „

Glicére en quittant ce lieu éprouva tout le charme de la vertu. La douce chaleur qu'elle avait repanduë dans ſon ame éclatait dans ſes yeux encore humides de pleurs. Elle était belle comme ces jours de printems, où où le ſoleil brille à travers les rézeaux d'une pluye fraiche & légére. L'eſprit plus ſerein, elle ſe preſſait de retourner à ſes travaux, lorſque Nicias courut au devant d'elle. O Glicére, lui dit-il, & ſes pleurs coulaient le long de ſes jouës, Glicére, je t'ai écoutée ſur la tombe de ta mére. Ne crains rien, fille vertueuſe! J'en rends graces aux immortels, j'en rends graces à la vertu. Elle m'a garanti du crime de ſéduire ton innocence. Pardonne chaſte Glicére! pardonne & ne redoute point de moi un nouvel attentat. Ma vertu triomphe par la tienne. Sois ſage, ſois honnête! mais ſois auſſi plus heureuſe. Cette prairie bordée d'arbres près du tombeau de ta mere, & la moitié du troupeau que tu as gardé t'apartiennent! Puiſſe un homme auſſi vertueux que toi aſſurer le bonheur de ta vie! Ne pleure point, fille vertueuſe! Reçois le préſent que t'offre un cœur ſincére, & permets lui de veiller déſormais à ton bonheur. Si tu me refuſes, le remords d'avoir offenſé ta vertu, ſera le ſupplice de ma vie. Oublie! Ah! daigne oublier mon crime. Je te chéris comme une Divinité bienfaiſante qui m'a défendu contre moi-même.

LE BOUQUET.

S. Gessner f.

LE BOUQUET.

J'ai vu Daphné. Peut être, hélas! peut être ferait-ce un bonheur pour moi de ne l'avoir pas vüe. Jamais je ne la vis si belle. Je reposais pendant les ardeurs du midi à l'ombre de l'oferaie, à l'endroit où le ruisseau roule doucement à travers les Cailloux. Des Rameaux touffus se courbaient au-dessus de ma tête, & repandaient sur les eaux leur paisible ombrage. Là je goutois les douceurs du repos. Depuis ce moment, helas, il n'est plus de repos pour moi. Non loin du bord où j'étois assis, j'entens murmurer ce feuillage, & soudain j'aperçois Daphné, la belle Daphné. Elle s'avançoit à l'ombre, le long du ruisseau. C'est ici qu'avec une grace charmante, elle releve sa robe azurée, & découvrant ses jolis pieds, elle entra dans l'onde limpide. Le corps mollement incliné, elle lavait de la main droite son beau visage & de l'autre elle soutenait les pans de sa robe. Puis elle s'arrête, elle attend qu'il n'y ait plus une goutte d'eau sur sa main, qui puisse en tombant agiter la ſurface du ruiſſeau. L'onde devenüe tranquille, lui offrit l'image naïve des plus doux attraits. Daphné ſourit à ſa propre beauté, & rajuſta ſes treſſes blondes que raſſemblait un nœud charmant. Pour qui, diſais-je en ſoupirant, pour qui tous ces ſoins? à qui veut-elle plaire? quel eſt le mortel heureux dont s'occupe ſa penſée, quand le plaiſir de ſe voir ſi belle épanouït ſes levres de roſe.

Tandis qu'elle revait ainſi, panchée ſur le ruiſſeau, elle laiſſa tomber le bouquet qui ornait ſon ſein, & le courant de l'onde le porta jusqu'au bord où j'étais aſſis. Daphné ſe retira & je ſaiſis le bouquet. Comme je le baiſai! comme je l'approchai de mon cœur palpitant. Non, je ne l'aurais pas donné pour tout un troupeau. Mais helas! il ſe fane, Ce bouquet ſi cheri, & c'eſt depuis deux jours ſeulement que je le poſſede. Quels ſoins n'en ai-je pas pris! Je l'avais conſervé jusqu'ici dans la coupe que j'avais gagnée ce printems pour le prix du chant. On y voit l'amour artiſtement cizelé, aſſis ſous un berceau de mirthe: De l'extremité de ſes doigts, il eſſaïe en riant la pointe de ſes fleches. A ſes pieds on voit deux Colombes, les

ailes

ailes entrelacées, ſe becqueter tendrement. Trois fois par jour dans cette coupe j'arroſai mon bouquet d'eau fraiche, & la nuit, je l'expoſai ſur ma fenêtre à la roſée. Combien de fois panché ſur ces fleurs n'ai-je pas reſpiré leurs doux parfums! leur odeur me ſemblait plus ſuave, leurs couleurs plus vives que celles de toutes les fleurs du printems. C'eſt ſur le ſein de Daphné qu'elles ont achevé d'eclorre. Puis ravi dans une douce extaſe je contemplais la coupe. O amour, diſais-je en ſoupirant, que tes fléches ſont ulcerées! Que je ſens vivement leur atteinte! Ah! fai que Daphné éprouve ſeulement pour moi la moitié de ce que je ſens pour elle: & je te conſacrerai cette coupe. Je la poſerai ſur ce petit Autel, & tous les matins, je l'entourerai d'une guirlande de fleurs nouvelles. Quand l'hyver en aura dépouillé nos jardins, je l'ornerai d'un rameau de mirthe. O puiſſiez-vous, charmantes Colombes, puiſſiez-vous être le préſage fortuné de mon bonheur. Mais helas! le bouquet ſe fletrit, quelque ſoin que j'en prenne. Triſtes & decolorées les fleurs penchant la tête autour de la coupe, n'exhalent plus de parfums & leurs feuilles détachées tombent. O amour, fai que le deſtin de ces fleurs ne ſoit pas un préſage funeſte à ma tendreſſe.

DAMETE ET MILON.

DAMETE.

Vois-tu ce belier comme il va ſe plonger dans ces marais, & comme les brebis l'y ſuivent. Ce limon ne produit que des herbes mal ſaines; & ces eaux fourmillent d'inſectes nuiſibles. Allons chaſſer nos troupeaux de ce lieu.

MILON. Que ces animaux ſont inſenſés! voici du trefle, du thin, de la lavande. Tous ces arbuſtes ſont entourés de lierre. Et ils quittent ce paturage pour les joncs d'un marais infect. Mais, Damete, ſommes-nous toujours plus ſages qu'eux? Ne paſſons-nous jamais à côté du bien pour courir au mal?

DAMETE. Où leur ſtupidité les pouſſe! Du milieu des roſeaux, les grenouilles ſautent au devant d'eux. Inſenſés que vous êtes, ſortez de ce marécage, revenés ſur ces bords verdoyants. Comme les voilà faits!.... leur toiſon tout-à-l'heure était ſi blanche!

MILON.

M i l o n. Enfin vous voici. Ne quittez plus ces pelouſes fleuries. Mais dis-moi, Damete, que vois-je là? Des colonnes de marbre renverſées dans la fange, & entourées de joncs & d'herbes ſauvages. Regarde cette arcade écroulée. Elle eſt enſevelie ſous ce lierre & de toutes ſes crevaſſes on voit germer la ronce & l'épine.

D a m e t e. C'était un tombeau.

M i l o n. Je le vois, Damete, voici l'urne enfoncée dans la fange. Tous les côtés du vaſe paraiſſent ornés de figures. Ce ſont des guerriers terribles, des courſiers fougueux, écraſant ſous leurs pieds des hommes étendus dans la pouſſiére. Celui qui voulut que ſa cendre fût couverte de ſi funeſtes images n'était ſurement pas un berger. L'homme dont vous avez laiſſé tomber ainſi en ruines le ſuperbe mauſolée ne fut aſſurément pas l'ami de ces Hameaux: La poſtérité chérit peu ſa mémoire, & l'on a répandu peu de fleurs ſur ſa tombe.

D a m e t e. Lui! c'était un monſtre. Il a devaſté des campagnes fertiles; d'hommes libres il a fait des eſclaves. Les chevaux de ſes guerriers foulaient au pied l'eſpél'eſpérance du moiſſonneur ; & des cadavres de nos ayeux il ſema ces champs déſolés. Ainſi que des loups affamés s'élancent ſur de timides troupeaux, ſes eſcadrons armés ſe jettaient ſur des hommes paiſibles, qui ne l'avaient point offenſé. Fondant ſa grandeur ſur l'énormité de ſes crimes, il étalait ſon orgueil dans des palais de marbre & s'y nourriſſait du ſang des provinces que ſa barbarie avait ravagées. Lui-même erigea ſur ces bords ce pompeux monument de ſes fureurs.

MILON. Quel monſtre ! mais j'admire ſa démence. C'eſt à ſes forfaits qu'il éléve un monument, pourque nos derniers neveux ne puiſſent les ignorer, pour qu'ils n'oublient jamais, lorſqu'ils paſſeront en ce lieu, de maudire ſa mémoire. Et voici ſon tombeau renverſé. Et voici ſes cendres répanduës dans la fange, tandis que l'urne qui les renfermait s'eſt remplie de limon & de reptiles venimeux. Peut-on voir ſans un ſourire mêlé d'horreur & de pitié la grenouille aſſiſe ſur le caſque du héros & le limaçon ſe trainer ſans crainte le long de ſon épée menaçante ?

DAMETE. Que reſte-t-il encore de ſa funeſte grandeur

grandeur ? Le noir ſouvenir de ſes attentats, & ſon ombre plaintive eſt livrée aux tourmens des furies vengereſſes.

MILON. Perſonne, non, perſonne ne daigne adreſſer au Ciel le moindre vœu pour lui. Dieux immortels ! combien eſt malheureux celui qui ſouille ſa vie par des forfaits. Même lorſqu'il n'eſt plus, ſa mémoire demeure en exécration. Non, quand on m'offrirait les richeſſes de l'univers, s'il fallait les achetter par un crime, j'aimerais mieux n'avoir que deux chévres à garder & vivre en paix avec moi-même. Encore en ſacrifierais-je une aux Dieux pour leur rendre graces de mon bonheur.

DAMETE. Ce lieu n'offre que d'affreuſes images. Viens avec moi, Milon. Je veux te montrer un monument plus précieux, le monument d'un homme de bien, de mon pére. Il fut elevé de ſes propres mains. Alexis, Tu veilleras en attendant ſur nos troupeaux.

MILON. Je t'accompagne avec joye pour célébrer la mémoire de ton pére. Sa droiture eſt reverée encore aujourd'hui juſques dans les hameaux les plus éloignés.

DAMETE. Vien mon ami. Suivons ce ſentier qui traverſe

traverſe la prairie. Nous paſſerons auprés de ce Dieu Terme couvert de pampre & de houblon.

Ils y allérent : ſur la droite de ce ſentier était un pré dont l'herbe s'élevait jusqu'à leur ceinture. À gauche un champ de blé dont les épis s'agitaient au deſſus de leurs têtes. Ce chemin les conduiſit ſous l'ombre paiſible des plus beaux arbres fruitiers, qui entouraient une cabane ſpacieuſe & riante. Là, Damete fit apporter une petite table au pied de l'arbre le plus touffu, & la couvrit d'une corbeille pleine de fruits nouveaux, & d'une cruche remplie de vin frais.

Milon. Di-moi, Damete, où eſt le monument conſacré à la mémoire de ton pére ? Que je verſe la premiere coupe de vin aux manes de l'homme juſte !

Damete. Le voici, mon ami. Verſe la ſous cette ombre paiſible. Tout ce que tu vois eſt le monument de ſa vertu. Cette contrée était ſauvage : C'eſt ſon travail qui cultiva ces champs ; & c'eſt ſa main qui planta ces arbres fertiles. Nous ſes enfans, & nos derniers neveux, nous bénirons tous ſa mémoire ; & ceux avec qui nous partagerons le fruit de ſes travaux la béniront avec nous. La proſperité de l'homme de bien repoſe

ſur

ſur ces campagnes, ſur ces toits tranquilles & ſur nous.

MILON. Homme juſte & bienfaiſant! Que cette coupe, que je verſe ici, ſoit offerte à ta mémoire! Laiſſer l'abondance au ſein d'une famille vertueuſe & faire du bien même au delà du trepas, eſt-il un monument plus reſpectable, plus cher à l'humanité?

IRIS, EGLÉ.

EGLÉ.

L'air eſt toujours brulant, quoique le ſoleil s'incline déja vers l'horizon. Toutes les plantes languiſſent encore. Viens, Iris, deſcendons au bord de l'eau. De petits flots argentés vont careſſer ce rivage. Ces berceaux nous offrent l'azile le plus frais.

IRIS. Allons Eglé. Je ſuis tes pas. Avance encore un peu. Ces branches me tombent ſur le viſage.

EGLÉ. Comme ces eaux ſont limpides! On voit au fond juſqu'au moindre caillou. Comme elles roulent doucement ſur ce lit de gravier! Oh! j'en jure par les Nymphes: je laiſſe ici mes vêtemens & vais me plonger juſqu'au ſein dans cette délicieuſe fraicheur.

IRIS. Mais ſi l'on vient, ſi l'on nous apperçoit!

EGLÉ. Aucun ſentier ne conduit ſur cette rive. Ce pommier qui ſemble ſe détacher du bord, pour recourber

ber ſur l'onde ſa cime touffuë, ce pommier nous couvre de l'ombrage le plus épais. Nous ſommes renfermées ici dans une grotte de verdure, où le regard des humains ne ſaurait pénétrer. Ce feuillage agité par les Zéphirs ne s'ouvre que par intervalles aux plus foibles rayons du jour & ſe referme ſoudain.

IRIS. Eh! bien Eglé, ce que tu oſes, je puis l'oſer auſſi.

Les bergéres poſérent leurs vêtemens au pied de l'arbre & ſaiſies d'un doux frémiſſement, elles entrérent dans l'onde fraiche. Les flots embraſſent d'abord leurs genoux arrondis, & bientôt leur ſein d'albâtre & de roſe. Elles s'aſſirent ſur des pierres que le courant de l'eau avait laiſſées près du rivage.

EGLÉ. J'éprouve, Iris, une gaîté, une vie nouvelle. Qu'allons nous faire? chanterons-nous quelques chanſons?

IRIS. Y penſes-tu? Veux-tu qu'on nous entende depuis le côteau voiſin?

EGLÉ. Eh! bien, parlons tout bas. Sçais-tu ce qu'il faut faire? Raconte moi une hiſtoire.

IRIS. Une hiſtoire!

EGLÉ. Oui, quelque histoire secrete & agréable. Tu raconteras la premiére. Je raconterai ensuite à mon tour.

IRIS. J'en sais bien une assez jolie, mais....

EGLÉ. Iris; crois que ce feuillage n'est pas plus discret que moi.

IRIS. Soit. L'autre jour je descendais la colline en conduisant mes brebis au paturage dont la mer baigne les bords. Un grand cerisier, tu le sçais, est planté sur le penchant du côteau. Tandis que, ... Mais ne suis-je pas folle? Te dire mon plus grand secret!

EGLÉ. Eh! Ne te raconterai-je pas aussi tout ce qu'il y a de plus caché dans mon cœur?

IRIS. Eh! bien tandis que je descendais ce sentier solitaire, j'entendis tout-à-coup une voix charmante, & qui chantait l'air le plus doux. Craintive, étonnée, je suspendis mes pas. Je regardai autour de moi, & ne pus appercevoir personne, mais personne en vérité. Je continuai mon chemin, & toujours je m'approchai de la voix. J'avance encore. Alors elle se trouva derriére moi. Car j'avais passé le Cerisier, & c'est de sa cime touffuë que sortait cette voix mélodieuse. Ce qu'elle chantait, oh!

oh ! c'eſt ce que je n'oſerai jamais te dire, quoique je n'en aye pas oublié la moindre Syllabe.

Eglé. Il faut abſolument me le dire. Sous ſes ombres ſecretes on n'a point de miſtéres; & les jeunes filles au bain ſe diſent tout.

Iris. Eh bien; j'y conſens .... Mais eſt-il permis de répeter ainſi ſes propres louanges. Il eſt vrai qu'on ſçait, que les bergers exagérent toujours lorsqu'ils veulent nous louër. Tandis que je deſcendais la colline. — Je ſens la rougeur me monter au viſage — la voix chantait ainſi.

„ Quelle eſt cette beauté dont la taille eſt ſi élégante & la démarche ſi noble ? Dites moi, doux Zéphirs, qui vous joués dans ſes cheveux & dans les ondes de ſa robe flottante, qu'elle eſt-elle ? Eſt-ce une des graces ? ah ! ſi s'en eſt une, c'eſt la plus jeune & la plus belle.

„ Comme les touffes fleuries du Treffe & du Thin cédent mollement à l'impreſſion de ſes pas ! Comme la campanelle azurée & le barbeau bleuâtre s'inclinent au bord du chemin pour baiſer amoureuſement ſon pied mignon. Je veux les cueillir ces fleurs, qui baiſé tes pieds, qui ont été preſſées ſous tes pas, je veux les cueillir

cueillir pour en treſſer deux couronnes. De l'une je ceindrai mon front. L'autre ſera conſacrée à l'amour.

„ De quel air timide ſes beaux yeux noirs parcourent la contrée ! Ah ! ne crain rien. Je ne ſuis pas un vautour. Mes chants ne ſont point des préſages funeſtes. Que ne puis-je former de ſons aſſez doux pour ſuspendre tes pas ! Pourquoi mes accens ne ſont-ils pas auſſi touchans que ceux de la Fauvette, auſſi mélodieux que ceux du Roſſignol ; dans la plus belle nuit du mois de Mai. Sa beauté n'a-t-elle pas plus de charme pour moi que le printems n'en a pour le Roſſignol & pour tous les oiſeaux du boccage ?

„ Que crains-tu ? Daigne plutôt rallentir tes pas ! Roſiers ſauvages, détournés vos épines. Ne bleſſés point ce pied ſi ſouple & ſi délicat. Mais ſi legerement vous pouviés accrocher ſa robe, qu'il ſerait doux d'arrêter la belle encore quelques inſtans ! Mais elle précipite ſes pas. Ces jeunes Zéphirs qui ſemblent s'intéreſſer à ma peine, s'oppoſent envain à ſa fuite. Sa robe ſeule flotte en arriére. Cruelle ! ils ne ſauraient te retenir toi-même. Des plus beaux fruits que produit cet arbre, je veux remplir une corbeille & cette nuit au clair de la lune,

j'irai

j'irai l'attacher à ta fenêtre. Si tu daignes accepter mon préſent, je ſuis le plus heureux berger de ces hameaux. Tu fuis. Ces arbres vont te dérober entiérement à mes yeux. Je vois encore le dernier pli de ta robe. Mais hélas! voilà l'extrémité même de ton ombre qui va diſparaitre. „

Ainſi chanta le berger. Les yeux baiſſés, je ſuivis le ſentier, cependant je jettai un regard dérobé ſur la cime de l'arbre, mais ſon feuillage était ſi épais, que je n'y découvris perſonne. Devine, Eglé, ſi je m'endormis, dèsqu'il fut nuit? J'apperçus bientôt un jeune berger attacher un panier à la grille de ma fenêtre; car la lune qui brillait de la plus vive clarté réfléchiſſait ſon ombre ſur ma couche. Je rougis, mon cœur palpita. Mais lorſque le jeune berger ſe fut retiré .... ne fallait-il pas m'aſſurer, ſi ce n'était pas un ſonge? — Je m'approchai doucement de la fenêtre & détachai en tremblant le petit panier. Il était plein des plus belles cериſes. jamais je n'en mangeai de ſi douces. On y avait mêlé des boutons de roſes & de feuilles de mirthes. Ouï chére Eglé — mais qui était ce berger, c'eſt ce que ta curioſité ne ſaura pas encore.

EGLÉ.

Eglé. Voudrais-je te le demander ? A-t-on jamais été plus mistérieuse ? Tu ne me diras donc point que c'était mon frére. Et ce panier qu'il a attaché à ta fenêtre, n'est-ce pas un présent que je lui avais fait le jour même ? Ah ! tu te troubles, une rougeur plus vive que celle des boutons de rose te couvre depuis ce sein où se jouent les flots jusqu'aux boucles de cheveux qui couronnent ton front. Tu regardes dans l'eau. Embrasse-moi, chére Iris, aime mon frére, je te chéris déja comme ma sœur.

Iris. Te raconterais-je mon plus grand secret, si je ne t'aimais pas, Eglé, comme moi-même.

Eglé. Eh ! bien pour que ta confidence ne t'inquiete plus, je vais te conter aussi ce que mon cœur a de plus secret. Le premier jour du mois, mon pére fit un sacrifice au Dieu Pan. Il avait invité à la fête Menalque son ami. Il y vint accompagné de Daphnis le plus jeune de ses fils. Daphnis pendant le sacrifice joua de deux flutes ; & tu sçais, Iris, qu'aucun berger n'en jouë avec plus d'art. Ses cheveux d'un blond doré flottaient en boucles sur sa robe plus blanche que la neige. Paré pour la fête, il était beau comme le jeune

jeune Dieu de Délos. Le ſacrifice conſommé nous allâmes .... mais écoute — j'entens du bruït dans le bocage .... le bruit s'approche de ces bords.

IRIS. Ecoutons. Oui. Je l'entens approcher encore. O Nimphes, ſecourés-nous ! Prenons vite nos vétemens & fuyons dans cette grotte.

Les bergéres effrayées s'enfuirent comme des colombes que l'épervier pourſuit du haut des airs. Cependant ce n'était qu'un Faon auſſi timide qu'elles qui venait ſe désaltérer dans le courant de la riviére.

MENALQUE ET ALEXIS.

Ménalque était vieux. Déja les ans avaient penché fa tête octogenaire. Des cheveux argentés ombrageaient fon front. Sa barbe blanche retombait fur fa poitrine, & un bâton raffurait fes pas chancelans. Comme celui qui après les travaux d'un beau jour d'Eté fe repofe fatisfait à la fraicheur du foir & rend graces aux Dieux, en attendant le paifible fommeil. Ainfi Ménalque avait confacré le refte de fes jours au culte des immortels & au repos : car il avait travaillé, il avait fait le bien, & tranquille & ferein il attendait déformais le fommeil du tombeau. Ménalque voyait la benédiction répanduë fur fes enfans. Il leur avait donné de nombreux troupeaux & de riches paturages. Pleins d'une tendre inquiétude, tous s'étudiaient à l'envi à embellir fes vieux jours, & à lui rendre les foins qu'il avait eus de leur jeuneffe. C'eft un devoir que les Dieux n'ont jamais laiffé fans recompenfe. Souvent affis devant fa cabane à la douce chaleur du foleil, il contemplait

templait ſes jardins ſoigneuſement cultivés, & dans un vaſte lointain les travaux & la richeſſe des champs. D'un air affable & careſſant il engageait les paſſans à s'arrêter près de lui. Il écoutait encore avec intérêt les nouvelles du voiſinage, & ſe plaiſait à apprendre de l'etranger les mœurs & les coutumes des pays lointains.

Les enfans de ſes enfans, l'amuſement le plus cher à ſa vieilleſſe, venaient folâtrer autour de lui. Arbitre de leurs jeux, il jugeait leurs petits différens, & les accoutumait à être bons, faciles & compâtiſſans pour les hommes & pour le moindre des animaux. Aux jeux variés qu'il leur enſeignait ſe mêlait toujours quelque inſtruction ſimple & frappante. Lui même faiſait leurs jouëts. Sans ceſſe ils accouraient en criant —— Oh ! fais nous encore ceci —— & puis encore cela. Quand ils l'avaient obtenu, ils ſe précipitaient à ſon cou ; ils ſautaient de joye & le vieillard ſouriait à leurs tranſports. Il leur apprenait à tailler le jonc, à en faire des flutes & des chalumeaux. Il leur enſeignait les airs qui appellent les brebis & les chevres au paturage & ceux qui les raménent au bercail. Il compoſait pour eux des chanſons. Les petits les chantaient, les plus grands les accompagnaient de la flûte. Quelquefois encore il leur racontait quelque histoire intéressante. Alors on les voyait assis à terre ou sur le seuil de la porte, tous, la bouche entr'ouverte & les yeux attachés sur ses lévres.

Un jour qu'il était venu s'asseoir à l'entrée de sa cabane pour s'y réchauffer au soleil du matin, son petit fils Alexis se trouva seul auprès de lui. Le beau jeune homme n'avait encore vû que treize printemps. Les roses du bel âge & de la santé brillaient sur ses jouës, & ses cheveux flottaient en boucles dorées. Le vieillard l'entretenait du bonheur de faire du bien aux hommes & de soulager l'indigence. Il lui disait; aucun plaisir n'égale celui qu'on éprouve après une bonne action. Le lever brillant de l'aurore, le doux coucher du soleil, la lune perçant les sombres voiles de la nuit, remplit nôtre cœur d'un sentiment délicieux, mais celui que nous inspire la bienfaisance — O mon fils, il est plus délicieux encore. Des larmes de joye & de tendresse arrosérent les jouës du jeune Alexis. Le vieillard les vit avec transport — Tu pleures, mon fils, lui dit-il, en fixant tendrement les yeux sur lui, surement mes discours seuls n'auraient pas eu ce pouvoir. Il y a quelque chose

chose dans ton cœur qui leur donne cette force.

Alexis essuya les pleurs de ses jouës de roses ; mais ses yeux se remplissaient sans cesse de nouvelles larmes: Ah ! je le sens, oui je sens que rien n'est si doux que de faire du bien.

Ménalque attendri serra la main du jeune homme dans la sienne & lui dit. Je vois sur ton front, je lis dans tes yeux que ton ame est émuë, & qu'elle ne l'est pas seulement de ce que je viens de dire.

Interdit, le jeune berger detourna ses regards. Tes discours ne sont-ils pas assez touchans pour faire répandre sur mes jouës une douce rosée de larmes ?

Je vois, mon fils, lui répondit Ménalque, je vois que tu me caches, peut-être pour la premiére fois, ce qui fait palpiter ton sein, ce qui erre déja sur tes lévres.

Eh ! bien, dit Alexis, en retenant ses pleurs, je te raconterai tout. Mais sans toi je l'eus caché éternellement au fonds de mon cœur. Ne l'ai-je pas appris de toi-même ? celui qui se vante du bien qu'il a fait n'est bon qu'à demi. Voilà pourquoi je voulais te cacher ce qui fait palpiter mon cœur, ce qui me fait éprouver si délicieusement que le plaisir de faire du bien est le ſentiment le plus doux de la vie. Une de nos brebis s'était égarée. J'allai la chercher dans la montagne, & là j'entendis une voix gémiſſante. Je me gliſſai du côté d'où venait la voix, & j'apperçus un homme. Il ôtait de deſſus ſes épaules un peſant fardeau & le poſait à terre en ſoupirant. Je ne puis, non, diſait-il, je ne puis aller plus loin. Que ma vie eſt pleine d'amertume! Une ſubſiſtance pénible & douloureuſe, eſt tout ce que j'obtiens de mon travail. Il y a pluſieurs heures que j'erre accablé de cette charge aux ardeurs du midi, & je ne trouve point de ſource pour étancher ma ſoif, pas un arbre, pas même un arbuſte dont le fruit puiſſe me rafraichir. O Dieux! Je ne vois autour de moi que d'affreux déſerts. Aucun ſentier qui me conduiſe vers ma chaumiére & mes genoux chancelans ne ſauraient me porter plus loin. — Cependant je ne murmure pas. O Dieux! Vous m'avez toujours ſecouru. En gémiſſant ainſi, il s'étendit languiſſamment ſur ſon fardeau. Alors ſans en être apperçû, je courus de toute ma force à nôtre cabane, je ramaſſai vite une corbeille de fruits ſecs & de fruits nouveaux, je remplis de lait mon plus grand flacon, je revolai à la montagne

tagne & je retrouvai encore cet infortuné. Il goutait dans ce moment la paix du ſommeil. Doucement, tout doucement je m'approchai de lui, je mis à ſes côtés la corbeille & le flacon rempli de lait & j'allai me cacher dans les buiſſons. Il ſe réveilla bientôt, Les yeux ſur ſon fardeau, que le ſommeil, dit-il, eſt un doux ſoulagement! Je vais eſſayer à préſent de te trainer plus loin. N'as-tu pas ſervi à repoſer ma tête? Peut-être que les Dieux conduiront mes pas, que j'entendrai bientôt le murmure d'une fontaine, ou que je trouverai quelque cabane dont le maitre hoſpitalier me recevra ſous ſon toit. Au moment où il voulut recharger le fardeau ſur ſes épaules, il apperçut le flacon & la corbeille. La charge retomba de ſes bras. —— Dieux! que vois-je! s'écria-t-il — hélas, le beſoin qui me tourmente trompe mes ſens, je rêve ſans doute, & quand je me réveillerai, tout diſparaitra. Mais non — je veille — Dieux! ce n'eſt pas un ſonge. Il porta la main ſur les fruits — je veille. Quelle divinité, ô quelle divinité propice a fait ce prodige? c'eſt à toi que je verſe les premiéres gouttes de ce lait, & c'eſt à toi que je conſacre ces deux pommes les plus belles du panier. Re-

çoi

çoi, ah ! daigne recevoir favorablement le vœu de ma reconnoissance — Tu vois si mon ame en est pénétrée. A ces mots, il s'assit & mangea en versant des larmes de joye. Après s'être rafraichi, il se leva & rendit encore une fois graces au Dieu qui veillait sur lui avec tant de bonté. Ou les Dieux, dit-il, auraient-ils conduit ici un mortel bienfaisant ? pourquoi ne puis-je le voir & l'embrasser ? Où ès tu ? que je te rende graces, que je te bénisse ! Dieux bénissés-le. Bénissés l'homme généreux, & les siens, & tout ce qui lui est cher. Je suis rassasié : je vais emporter ces fruits. Je veux que ma femme & mes enfans en mangent & qu'ils bénissent avec moi mon bienfaiteur inconnu. Il s'en alla & je pleurai de joye. Cependant je courus à travers les buissons pour le dévancer, & je m'assis sur le bord du chemin où il devait passer. Il vint, il me salua, & me dit. Ecoute, mon fils, n'as tu vû personne dans ces montagnes portant un flacon & un panier rempli de fruits ? Non je n'ai vû personne dans la montagne portant un flacon & un panier de fruits. Mais, lui dis-je, comment ès-tu venu jusques dans ce désert ? sans doute que tu t'és égaré. Aucune route ne

conduit

conduit ici. Hélas ? ouï, mon enfant, je me ſuis malheureuſement égaré. Et ſi quelque divinité bienfaiſante, ah ! Si c'eſt un mortel, les Dieux l'en béniront, ſi quelque divinité bienfaiſante ne m'avait ſauvé, j'aurais péri de faim & de ſoif dans ces montagnes. — Que je t'enſeigne donc le chemin ! Donne moi ton fardeau à porter, & tu me ſuivras avec moins de peine. Après s'en être défendu long-tems, il me donna le fardeau & je le menai ſur la route qui conduiſait à ſon hameau. Voilà, mon pére, ce qui me fait encore pleurer de joye; ce que j'ai fait m'a couté peu de peines, cependant toutes les fois que je me le rappelle, ce ſouvenir me charme comme l'air pur du matin. Quel doit être le bonheur de celui qui a fait beaucoup de bien!

Le vieillard dans le plus doux raviſſement embraſſa le jeune homme. Ah ! je deſcends ſans regrets dans la tombe, puiſque je laiſſe la bienfaiſance & la piété dans ma chaumiere.

LA TEMPETE.

MIsis & Lamon gardaient un troupeau de génisses sur le promontoire près duquel le Tiferne s'enfuit au sein des mers à travers les roseaux. De noirs orages s'amassaient dans le lointain. Un silence effrayant planait sur la cime des arbres. L'hirondelle & l'Alcion erraient çà & là incertains & épouvantés. Déja les troupeaux avaient quitté la montagne pour chercher un abri. Ces deux bergers étaient restés seuls à contempler l'approche de la tempête.

Que ce calme est terrible ! dit Lamon. Regarde le soleil couchant qui se retire derriére ces nuages. Semblables à des monts sourcilleux, ils s'élévent aux extremités de la mer.

MISIS. Cette mer noire & sans rives ressemble à la nuit éternelle. Elle est encore paisible ! mais à ce calme funeste succédera bientôt la plus affreuse tourmente. Un bruit sourd remplit déja les airs. Ainsi dans un désastre subit on entend au loin les hurlemens de l'angoisse & de la terreur.

LAMON.

LAMON. Regarde ces montagnes de nuages, comme on les voit s'amonceler lentement! comme on les voit ſortir de l'abime toujours plus ſombres, toujours plus menaçantes.

MISIS. Le bruit s'avance & devient plus éclatant. Les ténébres couvrent la mer. Déja elles ont englouti les îles de Dioméde: On ne les voit plus. Ce n'eſt qu'au ſein d'une obſcurité profonde qu'étincelle encore la flamme du Phare voiſin. Mais voici les vents qui commencent à mugir. Ils déchirent la nuë, ils la pouſſent avec furie dans les airs, ils ſe déchainent ſur l'onde, déja blanchie d'écume.

LAMON. La tempête éclate dans toute ſa fureur. Cependant j'aime à contempler ſa rage. Je ne ſais quel plaiſir mêlé d'inquietude agite mon ſein. Si tu veux nous demeurerons ici. Nous n'avons que la montagne à deſcendre pour retrouver nôtre azile.

MISIS. Lamon! je reſte avec toi. Déja l'orage eſt ſur nos têtes. Les vagues ſe jettent ſur ce bord, & les vents ſifflent à travers la cime courbée des arbres.

LAMON. Voi les flots déchainés, jailliſſant leur écume jusqu'aux cieux, s'élever en rochers eſcarpés, & ſe ſe précipiter avec effroi dans l'abime. La foudre ſillonant le dos des vagues éclaire ſeule cette ſcéne d'horreur.

MISIS. O Dieux immortels ! Un vaiſſeau ! .... Il eſt ſuſpendu ſur cette vague comme un oiſeau ſur la pointe d'un Rocher. Ciel ! elle s'écroule. Où eſt le vaiſſeau ? Où ſont les infortunés ? Enſevelis dans les gouffres de la mer.

LAMON. Sï mes yeux ne me trompent pas, le vaiſſeau reparait ſur cette vague. Dieux ! Sauvés, Ah ! ſauvés les malheureux ! Hélas ! regarde, la vague qui les pourſuit ſe précipite ſur eux de toute ſa violence. Infortunés, qu'alliés vous chercher, pour quitter ainſi les bords de vôtre patrie & vous confier au plus perfide des élémens ! vôtre païs ne produiſait-il pas aſſez de fruits pour appaiſer vôtre faim ? Vous cherchiés la richeſſe & vous trouvés une mort déplorable.

MISIS. Vos péres, vos épouſes, vos enfans, arroſeront en vain de leurs larmes le rivage paternel. En vain feront-ils des vœux pour vous aux autels de Neptune. Vôtre tombeau demeurera vuide. Vos corps ſerviront de pâture aux oiſeaux du rivage ; ou feront dévorés par les monſtres de la mer. O Dieux, ſouffrés

rés que tranquille j'habite toujours ma pauvre chaumiére, que ſatisfait de peu, mon champ & mon troupeau ſuffiſent à mes beſoins!

Lamon. Grands Dieux! Puniſſés-moi, comme ces infortunés, ſi jamais mon cœur murmure, ſi jamais je deſire plus que je n'ai, ma ſubſiſtance & du repos.

Misis. Deſcendons ici. Peut-être les flots jetteront-ils quelques uns de ces malheureux ſur la terre. S'ils vivent encore, nous aurons la conſolation de les ſauver. S'ils ſont morts nous appaiſerons du moins leurs manes, en leur ouvrant une tombe paiſible.

Ils deſcendirent au rivage, & ils trouvérent étendu ſur le ſable un jeune homme beau comme le fils de Maya. N'ayant pû le rappeller à la vie, ils l'enſevelirent au bord de la mer, en verſant des pleurs. Les débris du vaiſſeau étaient diſperſés ſur l'aréne. Ils apperçurent parmi ces débris une caſſette. L'ayant ouverte, ils y trouvérent de grandes richeſſes. Que faire de cet or, dit Miſis?

Lamon. Gardons-le, non pour être riches. Nous en préſervent les Dieux, mais pour le rendre à celui qui pourrait le reclamer, ou à quiconque en aura plus besoin que nous.

Inutile, ignoré de la cupidité des hommes, le trésor resta long-tems entre les mains des deux bergers. Enfin ils en firent bâtir un petit temple près de la tombe du jeune homme. Six colonnes de marbre blanc en ornaient la façade ombragée de Lierre & dans l'enfoncement était placée la statuë du Dieu Pan. Douce modération! c'est à toi & au Dieu Pan que ce temple était consacré.

MIRTIL ET CHLOE.

De grand matin, Mirtil ſortant de la cabane trouva Chlöé ſa plus jeune ſœur, occupée à treſſer des guirlandes de fleurs. La roſée brillait ſur toutes les fleurs, & à la roſée ſe mêlaient les larmes de la petite Chlöé.

MIRTIL. Chere Chlöé! que veux tu faire de ces guirlandes? hélas! tu pleures.

CHLÖÉ. Et ne pleures-tu pas toi-même, cher Mirtil! Mais hélas! qui ne pleurerait comme nous! l'as-tu vuë notre mere, dans quelle triſteſſe elle eſt plongée! comme avant de nous quitter, elle preſſa nos mains dans les ſiennes, en detournant de nous ſes yeux baignés de larmes.

MIRTIL. Je l'ai vu comme toi: hélas! notre pére! ſans doute il eſt plus mal encore qu'il n'était hier.

CHLÖÉ. Ah! mon frere, s'il doit mourir! comme il nous aime, comme il nous embraſſe, lorſque nous faiſons ce qu'il aime, ce qui plait aux Dieux.

MIRTIL. O ma ſœur! comme tout eſt triſte! En-

vain

vain mon agneau vient me careſſer, j'oublie preſque de lui donner à manger. En vain mon ramier voltige ſur mes épaules, & cherche à me becqueter les levres & le menton. Rien ---- non, rien ne ſaurait me rappeller à la joïe. O mon pére, ſi tu meurs, je veux mourir auſſi.

CHLÖÉ. Hélas! il t'en ſouvient --- ce bon pére, il y a cinq jours qu'il nous prit tous deux ſur ſes genoux & qu'il ſe mit à pleurer. ...

MIRTIL. Ouï, Chlöé -- il m'en ſouvient, comme il nous remit à terre! comme il devint pâle, je ne peux plus vous tenir, mes enfans, je me trouve mal .... très-mal. À ces mots il ſe traina dans ſon lit, depuis ce jour il eſt malade.

CHLÖÉ. Et depuis ce jour ſon mal a toujours augmenté! Ecoute, mon frere, quel eſt mon deſſein. Dès l'aube du jour je ſuis ſortie de la cabane pour cueillir des fleurs nouvelles, & pour en faire ces guirlandes. Je vais les porter au pied de la ſtatuë de Pan. Notre mere ne dit-elle pas toujours que les Dieux ſont bons, que les Dieux aiment à éxaucer les vœux de l'innocence. J'irai, j'offrirai ces guirlandes au Dieu Pan. Et vois

tu

tu dans cette cage tout ce que j'ai de plus cher, mon petit oiſeau — Eh! bien, je veux l'immoler encore au Dieu.

Mirtil. O ma chere ſœur! je veux aller avec toi — je te prie, attends un inſtant. Je vais chercher ma corbeille, elle eſt pleine des plus beaux fruits, & mon ramier, je veux auſſi l'immoler au Dieu Pan.

Il courut & fut bientot de retour, alors ils allerent enſemble au pied de la ſtatue. Elle était ſituée non loin de-là ſur une colline, au milieu des ſapins les plus touffus. Là s'étant mis à genoux, ils invoquerent ainſi le Dieu des champs.

„ O Pan, protecteur de nos hameaux! écoute, écoute favorablement nos prieres, reçoi nos faibles offrandes. C'eſt tout ce que des enfans peuvent t'offrir. Je poſe ces guirlandes à tes pieds, ſi je pouvais atteindre plus haut, j'en voudrais couronner ton front, j'en voudrais ceindre tes épaules. Sauve, o Pan, ſauve notre pére, rends-le à ſes pauvres enfans.

Mirtil. Je t'apporte ces fruits, ce ſont les plus beaux que j'aïe pu cueillir dans nos vergers. Reçoi-les favorablement. Je t'aurais ſacrifié la plus belle chevre du troupeau ; mais elle aurait été plus forte que moi. Quand je ferai plus grand, je t'en facrifierai deux toutes les années, pour avoir rendu notre pére à nos vœux. Rends, o Dieu fecourable, rends la fanté au meilleur des péres.

CHLÖÉ. Je vais t'immoler cet oifeau, o Dieu fecourable, c'eſt tout ce que j'ai de plus cher. Regarde, il vole fur ma main pour me demander fa nourriture, mais je veux, o Pan ! je veux te l'immoler.

MIRTIL. Et moi je vais t'immoler ce ramier. Il fe joue, il me careffe, mais je veux, o Pan, je veux te l'immoler, pour que tu nous rendes notre pére. Exauce, o Pan, exauce nos vœux.

Déja leurs petites mains tremblantes faififfaient les victimes, lorsqu'une voix fe fit entendre. „ Les Dieux „ aiment à exaucer les vœux de l'innocence. Aimables „ enfans, n'immolés point ce qui fait vos delices, vo- „ tre pére eſt rendu à la vie.

Et Menalque recouvra la fanté. Heureux de la pieté de fes enfans, il alla ce jour même avec toute fa famille offrir un facrifice au Dieu. Il vecut comblé de benedictions & vit les enfans de fes enfans.

LA

LA JALOUSIE.

La flamme la plus dévorante, le plus cruel ferpent, que les furies jettent dans nôtre cœur, c'eft la jaloufie. Alexis l'éprouva. Il aimait Daphné : il en était aimé. Alexis était brun & d'une beauté mâle. Daphné était belle comme l'innocence, & blanche comme le Lys qui s'épanouït au lever de l'aurore. Ces amans fortunés s'étaient juré une tendreffe éternelle. Venus & les amours femblaient répandre fur eux leurs plus douces faveurs. Le pére d'Alexis venait d'échapper à une maladie dangereufe. Mon fils, lui dit-il, j'ai fait vœu de facrifier fix brebis au Dieu de la fanté. Pars, conduis les victimes à fon temple. Il y avait deux grandes journées à faire, pour arriver au temple d'Esculape. Alexis verfa un torrent de larmes en fe féparant de fa bergére. On eut dit, qu'il avait de vaftes mers à traverfer. Trifte & rêveur, il conduifait fes brebis devant lui, & en s'éloignant du hameau, il foupirait le long du chemin comme la plaintive tourterelle. Il paffait par les plus belles prairies & ne les voyait point. Les païſages les plus riants s'offraient à ſes yeux. Inſenſible à leur beauté, il ne ſentait que ſon amour, il ne voyait que ſon amante. Il la voyait à l'ombre, au bord des ruiſſeaux ; il l'entendait répéter le nom d'Alexis & lui répondait par ſes ſoupirs. C'eſt ainſi qu'il graviſſait les ſentiers ſolitaires, en ſuivant ſes brebis, & en ſe plaignant de ce qu'elles n'avaient pas la légereté du chevreuil. Il arriva au temple, les victimes offertes, le ſacrifice conſommé, il vola ſur les ailes de l'amour pour regagner ſa demeure. Mais en paſſant à travers les buiſſons, il s'enfonça une épine dans la plante du pied. À-peine la douleur lui laiſſa-t-elle la force de ſe trainer jusqu'à la cabane voiſine. Un berger bienfaiſant l'y reçût & mit ſur ſa bleſſure des herbes ſalutaires. Dieux ! que je ſuis infortuné ! diſait-il ſans ceſſe ; ſombre & rêveur il comptait en ſoupirant chaque minute. Une heure lui paraiſſait une longue nuit d'hyver. Enfin une divinité ennemie verſa dans ſon cœur le poiſon de la jalouſie. Dieux ! diſait-il en murmurant tout bas, & en jettant des regards farouches autour de lui, Dieux ! quelle penſée ! Daphné pourrait m'être infidéle ! ..

Penſée

Penſée injuſte, odieuſe ! ... Mais Daphné eſt femme & Daphné eſt belle. Qui peut la voir & réſiſter à ſes charmes ? Depuis longtemps Daphnis ne ſoupire-t-il pas pour elle ? Il eſt beau. Qui n'eſt pas attendri aux doux accens de ſa voix ? Et qui touche la Lyre comme lui ? Sa cabane eſt près de celle de Daphné. Elle n'en eſt ſéparée que par un ombrage délicieux .... Loin de moi — ah ! loin de moi .... penſée déchirante ... hélas ! tu te graves toujours plus profondement dans mon cœur. Tu me pourſuis nuit & jour .... Souvent l'imagination égarée d'Alexis lui montre ſa bergére ſe gliſſant d'un pas timide ſous l'ombre où Daphnis ſoupire aux echos ſa peine & ſes amours. Là, il la voit, l'œil languiſſant, étouffer à peine les ſoupirs qui ſont palpiter ſon ſein. Dans un autre moment il la voit ſomeiller ſous un berceau de Jasmin : Daphnis l'y ſuit, l'apperçoit, oſe s'approcher d'elle, ... ſes avides regards dévorent tous ſes charmes — Il ſaiſit ſa main .... la baiſe ; Daphné ne ſe réveille point ... il baiſe ſes jouës, il baiſe ſes lévres, & elle ne ſe réveille pas, s'écrie-t-il tranſporté de fureur ! .... Mais quelles affreuſes images je vais créer moi-même ! Pourquoi ne ſuis-je ingénieux qu'à me tourmenter du plus cruel ſupplice ! Injuſte ! ingrat, pourquoi ne penſé-je qu'à ce qui peut bleſſer ſon innocence ?

C'était déja le ſixiéme jour que durait cet horrible tourment ; & ſa playe n'était pas encore entiérement guérie. Mais rien ne ſaurait l'arrêter d'avantage. Il embraſſe ſon bienfaiteur. Il réſiſte à tout ce que la douce hoſpitalité peut imaginer pour le retenir encore. Pourſuivi par les furies, il part, & malgré ſa douleur, il court, il vole. Déja la nuit était tombée. Mais au clair de la lune, il apperçût de loin la cabane de Daphné. Ah ! déſormais, dit-il, fuyés penſées odieuſes ! fuyés loin de moi. C'eſt là qu'habite celle qui m'aime. Aujourd'huy, o Dieux ! encore aujourd'huy, je pleurerai de joye ſur ſon ſein. En prononçant ces mots il hâtait encore ſes pas. Cependant il vit Daphné s'avancer ſous le berceau qui conduiſait à ſa cabane. C'eſt elle. O Daphné, c'eſt toi ! c'eſt ta taille ſi élégante, ta démarche ſi legére, ta robe plus blanche que la néige. C'eſt elle. O Dieux ! mais où va-t-elle en ce moment ! Pour des timides bergéres, il eſt dangereux de s'expoſer ainſi la nuit dans les champs.

Peut-

Peut - être impatiente de me voir, vient - elle ſur le chemin à ma rencontre ! à peine l'eut - il dit, qu'un jeune homme ſortit du berceau pour la ſuivre. Il ſe mit à ſes côtés, & Daphné preſſa tendrement ſa main dans celle du jeune homme. Il lui donna une petite corbeille de fleurs qu'elle prit ſous ſon bras avec une grace charmante. Puis ils s'éloignérent enſemble de la cabane au clair de la lune. Alexis ſaiſi d'horreur ſe tenait dans l'éloignement & frémiſſait de tout ſon corps. Dieux immortels ! Que vois-je ? Il n'eſt donc que trop vrai ! Ce qui m'a ſi cruellement agité eſt certain. Une Divinité compatiſſante me l'avait prédit. Malheureux ! —— Qui es - tu, Dieu ou Déeſſe, o toi qui m'as fait preſſentir mon malheur, venge -- ah ! venge moi. Punis à mes yeux cette perfidie, & laiſſe moi mourir de douleur !

Les bras entrelacés, Daphné & le berger ſuivaient le chemin du bois de Mirthes qui entoure le temple de Vénus. La Lune éclairait leurs pas, & leur maintien annonçait une douce intelligence.

Ils vont ſous l'ombre de ces Mirthes, diſait Alexis furieux, & c'eſt à l'ombre même de ces Mirthes qu'elle

m'a

m'a juré ſi ſouvent une tendreſſe éternelle. Les voilà dans le Bosquet. Ciel ! je ne les vois plus : cachés ſous le plus épais feuillage, ils vont s'aſſeoir ſur le gazon. Mais non, je les revois .... ſa robe blanche brille au clair de la lune à travers les rameaux & leur tige griſâtre. Ils s'arrêtent. Voilà un azile charmant, & cette mouſſe eſt fraiche .... Perfide ... repoſés-vous --- Jurés en préſence de Phœbé -- jurés-vous vos coupables amours. Puiſſent les furies jetter l'épouvante au milieu de vous ! mais non. Ecoutons. Les Roſſignols répétent les airs les plus tendres, & les tourterelles ſoupirent autour d'eux. Cependant ... ce n'eſt pas encore là qu'ils ſuſpendent leurs pas. Ils vont jusqu'au temple de la Déeſſe. Je veux m'approcher. Je veux les voir. Je veux les entendre.

Il entra dans le bois de Mirthes. Il les vit s'avancer vers le Temple, dont les colonnes de marbre blanc éclairées par la lune perçaient avec éclat les ombres de la nuit. Eh ! quoi -- ils oſeraient franchir ces marches ſaintes ! La Déeſſe de l'amour protégerait la plus noire perfidie. Il vit en effet la jeune bergére monter les degrés du Temple ; la petite corbeille de fleurs

ſous

ſous le bras, elle en traverſa les portiques; & le jeune homme s'arrêta ſous la premiére Arcade. Alexis approchait toujours à la faveur des ombrages: Frémiſſant d'horreur & de déſespoir, il ſe gliſſa ſous l'ombre d'une colonne & s'étant appuyé contre elle, il apperçût diſtinctement Daphné qui allait à la ſtatuë de Vénus. Le Marbre en était auſſi blanc que le lait, & le flambeau de la nuit l'éclairait toute entiére. La Déeſſe penchée en arriére avec une majeſté raviſſante ſemble éviter les yeux étonnés des mortels, & de ſa hauteur ſublime elle jette un regard de bonté ſur ceux qui encenſent ſes autels. Daphné fléchit les genoux aux pieds de la Déeſſe, poſa les guirlandes devant elle & dit avec l'accent le plus tendre & le plus douloureux.

„ Exauce, o douce Déeſſe, protéctrice des amours fidéles! Exauce ma priere. Reçoi favorablement les fleurs que j'oſe t'offrir; elles ſont encore humides de la roſée du ſoir & de mes larmes. C'eſt aujourd'huy, le ſixiéme jour qu'Alexis eſt loin de moi. O bienfaiſante Déeſſe! qu'il revienne dans mes bras! Protége-le ſur ſa route & raméne-le auſſi fidéle, auſſi tendre qu'il l'était lors qu'il m'a quittée. Raméne-le & que je le preſſe contre mon ſein palpitant d'amour !

Alexis l'entendit. Il apperçut vis-à-vis de lui le jeune Berger dont la lune éclairait alors le viſage. C'était le frére de Daphné. Timide & craintive, elle n'avait pas voulu s'expoſer aux dangers de la nuit, en allant ſeule au Temple de Vénus.

Alexis ayant quitté la colonne qui le cachait, parut ſoudain aux yeux de ſon amante. Daphné ſaiſie du plus doux raviſſement, Alexis tranſporté de joye & de honte, ils tombérent tous deux, les bras entrelacés, aux pieds de la Déeſſe.

ERYTHIE.

MYRSON.

Viens, Lycidas, Entrons dans le ruiſſeau, il rafraichira nos pieds. Le ſaule & le peuplier flexible y forment une voute de la plus riante verdure.

LYCIDAS. Volontiers, Myrſon. Dans cette chaleur étouffante, peut-on trouver un azile aſſez frais ?

MYRSON. Allons juſqu'au rocher d'où ſe précipite le ruiſſeau. On y ſent une fraicheur auſſi délicieuſe, que ſi l'on nageait dans l'onde au clair de la Lune.

LYCIDAS. Ecoute. Déja j'entens le bruit de l'eau qui tombe. On dirait que tout ce qui reſpire vient chercher la joye ſous ces ombrages. Quel bourdonnement, quel murmure, quel doux gazouillement, quel tumulte agréable & varié, vient animer ces berceaux ſolitaires ! Et ce petit chardonneret, veut-il nous montrer le chemin ? Comme il ſautille dans ſa gaïté folâtre de caillou en caillou ! Vois-tu comme le ſoleil darde un rayon brillant dans le creux de ce ſaule dont le tronc eſt entouré de lierre. Ah ! regarde, un petit chevreau repose dans le creux ! Qu'il a bien trouvé ce paiſible abri !

MYRSON. Tu vois tout, & tu ne t'apperçois pas que nous arrivons à l'endroit où nous voulions être.

LYCIDAS. O Pan ! O Dieux ! quel réduit charmant ?

MYRSON. Le ruiſſeau dans ſa chûte, ſemblable à un tapis argenté qui flotte doucement au gré des airs, couvre toute l'entrée de la grotte & ces arbriſſeaux le couronnent de leur feuillage. Viens, paſſons derriére la caſcade, entrons dans la grotte.

LYCIDAS. Cette agréable fraicheur me fait treſſaillir. Comme le ruiſſeau tombe en bouillonnant à nos pieds ! Chaque goutte d'eau ſemble, aux rayons du ſoleil, une étincelle de feu.

MYRSON. Aſſeyons nous ſur cette roche couverte de mouſſe. Nos pieds reposeront à ſec ſur ces pierres, qui ſortent de l'eau, & renfermés dans cet antre, la caſcade jettera ſur nous ſon rideau transparent.

LYCIDAS. Non, jamais je n'ai vû un lieu plus enchanteur.

MYRSON. Ouï, cette grotte eſt délicieuſe. Auſſi eſt-

eſt-elle conſacrée au Dieu Pan. Les bergers s'en éloignent vers le milieu du jour. Car on dit qu'à ces heures le Dieu vient ſouvent s'y repoſer. Sçais-tu l'hiſtoire merveilleuſe de cette ſource? Si tu le veux, je vais te la chanter.

LYCIDAS. Nous ſommes bien ici. Aſſis ſur cette mouſſe, appuyé contre le rocher, j'écouterai tes chants avec transport.

MYRSON. Que tu étais belle! Erythie, fille d'Eridan; La plus belle des Nimphes de Diane! Sa beauté cependant ne faiſait qu'éclorre. Preſque encore enfant, déja ſa taille était élégante. La premiere fleur de l'innocence ſouriait ſur ſon joli viſage. Une timidité ingénue adouciſſait l'éclat de ſes yeux bleus, & ſon ſein naiſſant, arrondi avec grace, promettait ce que promet le bouton de la plus belle roſe!

Pendant les ardeurs d'un jour d'Eté elle avait pourſuivi avec ſes compagnes les chevreuils de la forêt. Fatiguée, languiſſante de ſoif, elle courut ſe déſalterer à une ſource. Pour ſe rafraichir, elle y lava ſon beau viſage & puiſant de l'eau dans le creux de ſa main, elle la ſavourait de ſa petite bouche vermeille. Penchée ainsi sur la fontaine, Erythie ne songeait à aucun danger. Mais Pan caché dans le bosquet voisin avait les yeux fixés sur elle. Soudain le Dieu se sentit embrasé de tous les feux de l'amour. Sans être apperçû de la Nymphe, il s'était déja glissé tout près d'elle, lorsque le frémissement de l'herbe, que foulaient ses pieds, décéla son approche. Saisie de frayeur, elle prend la fuite, elle échappe aux bras nerveux de Pan, à ces bras qui tremblaient de désir & de volupté. Déja elle sentait sur son sein leur chaleur brulante. Une feuille de rose eut rempli l'espace qui l'en séparait. Elle franchit le ruisseau. Plus légére que la Biche, l'épouvante ajoute encore à sa légéreté. Il la poursuit. Elle vole à travers les près, semblable au vent rapide qui de son aile effleure à peine les pointes de l'herbe naissante. Mais tout-à-coup la terreur suspend sa course. Sur le bord d'une roche escarpée, elle recule & pâle & tremblante, elle voit la profondeur de l'abime. O Diane! s'ecriet-elle, avec l'accent du désespoir, o Diane, protectrice des cœurs chastes, sauve moi; ne permets pas qu'un bras impudique ose serrer ce sein dévoué à ton culte! Viens, chaste Déesse, viens à mon secours. Cependant

pendant le Dieu l'avait déja atteinte de si près qu'elle sentait le feu de sa brulante haleine, & ses mains étaient prêtes à la saisir. Mais la Déesse, ennemie des amours, entend les accens plaintifs de la Nymphe.

Pan croyant embrasser Erythie, sent l'onde s'échapper entre ses mains & s'écouler sur son cœur palpitant d'amour. Erythie dans ses bras est changée en fontaine. Ainsi fond la neige au printems sur de noirs rochers. — elle réjaillit sur les bras du Dieu. Elle ruissele le long de ses genoux, elle murmure à travers le gazon, se précipite du haut de la roche, & roule déjà son onde au fonds de la vallée. Ainsi se forma la source pure d'Erythie.

LA JAMBE DE BOIS,

CONTE HELVÉTIQUE.

Sur le mont d'où le torrent de Rauti ſe précipite dans la vallée, un jeune berger faiſait paître ſes chévres. Son chalumeau appellait gayement l'Echo des antres de rocher, & ſept fois de ſes chants mélodieux l'Echo faiſait rétentir les vallons. Tout-à-coup il apperçut un homme graviſſant la côte de la montagne. Cet homme était vieux. Les ans avaient blanchi ſa tête. Un bâton ſe courbait ſous ſes pas peſans & mal aſſurés, car il avait une jambe de bois. Il s'approcha du jeune homme & s'aſſit à ſes côtés ſur la mouſſe d'un rocher. Le jeune berger le regarda avec ſurpriſe, & ſes yeux s'arrêterent ſur la jambe de bois. Mon fils, lui dit le vieillard en ſouriant ; N'eſt-ce pas, que tu penſes qu'impotent comme je le ſuis, j'aurais mieux fait de reſter dans la Vallée ? Sache cependant, que je ne fais ce voyage qu'une fois chaque année, & telle que tu la vois, mon ami,

ami, cette jambe m'eſt plus honorable qu'à bien d'autres la plus droite & la plus ſouple. Je veux bien, mon pére, reprit le berger, qu'elle te ſoit plus honorable; mais je parie que les autres ſont plus commodes. Sans doute tu és fatigué. Veux-tu du lait de mes chevres ou de l'eau fraiche de la ſource qui jaillit là bas du creux de cette roche?

LE VIEILLARD. J'aime la candeur peinte ſur ton viſage. Un peu d'eau fraiche ſuffira pour me ſoulager: Si tu veux bien m'en apporter ici, je te raconterai l'hiſtoire de cette jambe de bois. Le jeune berger courut à la fontaine & fut bientôt de retour.

Quand le vieillard ſe fut rafraichi il dit: Lorſque vous voyés vos péres eſtropiés & couverts de cicatrices, jeunes gens, adorés le ciel, & béniſſés leur valeur. Sans elle, vous courberiés la tête ſous le joug, au lieu de vous égayer à la douce chaleur du ſoleil & de faire répéter aux Echos des chants d'allégreſſe. La joye & la gaïté habitent les collines & la vallée, & vos chanſons reſonnent d'une montagne à l'autre. Liberté! douce liberté, c'eſt toi qui répans le bonheur ſur cette terre chérie! Tout ce que nous voyons autour de nous, nous appartient. Satisfaits nous cultivons nos propres champs. La recolte que nous y faisons est à nous, & nos moissons sont des jours de fête.

Le jeune Berger. Celui-là n'est pas digne d'être un homme libre qui peut oublier que c'est au prix du sang de ses péres.

Le Vieillard. Mais qui à leur place n'aurait fait ce qu'ils ont fait ? Depuis la journée sanglante de Nefels * je viens une fois tous les ans sur cette montagne; mais je le sens, j'y viens pour la derniére fois. D'ici je vois encore tout l'ordre de la bataille où la liberté nous fit vaincre. Regarde : c'est de ce côté là que s'avançait l'armée ennemie. Des milliers de lances étincelaient au loin avec plus de deux cent chevaliers couverts de superbes armures. Les panaches qui ombrageaient leurs casques s'agitaient sur leurs têtes & la terre frémissait sous les pas de leurs chevaux. Déjà nôtre petite troupe avait été rompuë. Nous n'étions que trois à quatre cent combattans. Les cris de la détresse retentissaient de tous côtés, & la fumée de Nefels embrasé remplissait la Vallée & s'étendait avec horreur le long des mon-

* La bataille de Nefels dans le Canton de Glaris l'année 1388.

montagnes. Cependant au pied du mont où nous sommes s'était porté nôtre chef. Il était là, où ces deux Pins s'élancent des bords de la roche escarpée. Entouré d'un petit nombre de guerriers, je crois le voir encore, ferme, inébranlable, rappeller les troupes dispersées autour de lui. J'entens le bruit de ce drapeau que son bras agitait dans les airs; c'était comme le bruit des vents qui précédent l'orage. De toutes parts on accourait vers lui. Vois-tu ces sources se précipiter du haut des monts? Des pierres, des rochers, des arbres renversés s'opposent en vain à leur cours; elles franchissent, elles entrainent tout & se rassemblent au fond de cet étang. Ainsi nous accourumes à la voix de nôtre Général, en nous faisant jour à travers l'ennemi. Rangés autour du Héros nous fimes serment, & Dieu nous entendait, de vaincre ou de mourir. L'ennemi s'approchant en ordre de bataille, fondit sur nous avec impétuosité: nous l'attaquames à nôtre tour. Déjà nous l'avions chargé onze fois; mais toujours forcés de nous retirer à l'abri de ces hauteurs, nous y resserrions nos rangs, aussi inébranlables que le rocher qui nous protégeait. Enfin renforcés par trente guerriers de Schwitz, nous tombâmes tout à coup ſur l'ennemi comme la chûte d'une Montagne, comme une roche qui éclate, tombe, roule à travers la forêt & briſe avec fracas les arbres à ſon paſſage. De toutes parts, les ennemis, & cavaliers, & fantaſſins, confondus dans le plus horrible tumulte, ſe renverſent les uns les autres pour échapper à nôtre fureur. Acharnés au combat, nous foulions à nos pieds les morts & les mourans pour porter plus loin la vengeance & le trépas. J'étais au milieu de la mélée : Un cavalier ennemi me renverſa dans ſa fuite & ſon cheval me fracaſſa la jambe. Le guerrier qui combattait le plus près de moi, m'ayant apperçû me chargea ſur ſes épaules & courut en me portant ainſi hors du champ de bataille. Un bon religieux, proſterné non loin de-là ſur un rocher, implorait le ciel pour nous. --- Ayés ſoin, mon pére, de ce guerrier, lui dit mon libérateur, il a combattu en homme libre. Il le dit & révole au combat. La victoire fut à nous, mes enfans, elle fut à nous. Mais pluſieurs des nôtres étaient étendus ſur des monceaux d'ennemis. Ainſi, diſait-on, repoſe le moiſſonneur fatigué ſur les gerbes qu'il a moiſſonnées lui-même. Je fus ſoigné, je fus guéri. Mais je

n'ai

n'ai jamais pû découvrir celui à qui je dois la vie. Je l'ai cherché vainement. J'ai fait des vœux & des pelérinages pour qu'un ſaint du Paradis ou un Ange voulût me le révéler. Hélas ! tous mes efforts ont été inutiles. Je ne pourrai plus dans cette vie lui prouver ma reconnaiſſance. Le jeune berger avait écouté le vieux guerrier les larmes aux yeux. Il lui dit, non, mon pére, dans cette vie tu ne pourras plus lui prouver ta reconnaiſſance.

Le vieillard ſurpris, s'écria ; Ciel ! Que dis-tu? Saurais-tu, mon fils, quel fut mon libérateur ?

LE JEUNE BERGER. Je ſerais bien trompé, où c'était mon Pere. Souvent il m'a raconté l'hiſtoire de la bataille, & ſouvent je lui ai entendu dire, l'homme que j'ai emporté du champ de bataille ſerait-il encore en vie ?

LE VIEILLARD. O Dieu ! Anges du Ciel ! Cet homme généreux ſerait ton pére !

LE JEUNE BERGER. Il avait une cicatrice ici -- (en montrant ſa jouë gauche) -- il avait été bleſſé par l'éclat d'une lance: peut-être le fut-il avant qu'il t'emportât de la mélée.

LE VIEILLARD. Sa jouë était couverte de ſang quand il m'emporta. O mon enfant ! o mon fils !

Le jeune Berger. Il mourut il y a deux ans, & comme il était pauvre, je ſuis réduit pour vivre à garder ces chevres. Le vieillard l'embraſſa, & dit; le ciel en ſoit béni; je pourrai te recompenſer de ſes bienfaits. Viens, mon fils, viens avec moi: qu'un autre garde ces chevres.

Ils deſcendirent enſemble dans la vallée & ils marchérent vers la demeure du vieillard. Il était riche en champs & en troupeaux, & une fille aimable était ſa ſeule héritiére. Mon enfant, lui dit-il, celui qui m'a ſauvé la vie était le pére de ce jeune berger. Si tu pouvais l'aimer, je ſerais heureux de te voir unie avec lui! Le jeune homme était d'une figure aimable. La fraicheur & la gaïté brillaient ſur ſon viſage; des boucles d'un blond doré ombrageaient ſont front, & le feu brillant de ſes yeux était tempéré par une douce modeſtie. La jeune fille avec une réſerve ingenuë demanda trois jours pour y penſer; mais le troiſiéme lui parut bien long. Elle donna ſa main au jeune homme, & le vieillard verſa des larmes de joye & leur dit; que ma bénédiction repoſe ſur vous, mes enfans! C'eſt aujourd'hui que je ſuis le plus heureux des hommes.

LETTRE

DE Mr. GESSNER A Mr. FUSLIN

AUTEUR DE L'HISTOIRE DES PEINTRES SUISSES.

SUR LE PAYSAGE.

LETTRE SUR LE PAYSAGE.

VOus penſez donc, Monſieur, que je pourrais intereſſer, peut-être même devenir utile, en indiquant la route que j'ai ſuivie pour parvenir à pratiquer les arts du deſſein dans un âge peu favorable aux grands ſuccès. Il feroit à deſirer ſans doute que les artiſtes célébres euſſent éxécuté un ſemblable projet. Quel avantage ne tirerait-on pas de l'hiſtoire des peintres, ſi elle contenait avec les evénemens de leur vie le recit des progrès de leurs talens? nous y verrions les differentes routes qui

X peuvent

peuvent conduire au même but, les obſtacles qui s'y rencontrent, les moyens de les ſurmonter, le dévelopement des lumieres rélatif au dévelopement du génie, & aux obſervations que la pratique entraîne ; & ſi ces ſortes de détails étaient écrits par les artiſtes mêmes, ils offriraient certainement cette vérité précieuſe & utile, & cet intérêt ſéduiſant qui l'accompagne toujours.

Peut-être, il eſt vrai, ne trouverait-on pas dans ces ſimples recits la profondeur de recherches que s'efforcent d'atteindre ceux qui diſſertent ſur les arts ſans les pratiquer ; mais ceux qui les éxercent y touveraient des reſſources & des connaiſſances que l'experience ſeule peut donner.

C'eſt ainſi que l'ouvrage de Laireſſe ſi ſecourable pour les jeunes eléves lui a mérité le titre de bienfaiteur des arts que ſes travaux ont illuſtrés. C'eſt ainſi que le livre de Mengs peut aider ſes rivaux à s'égaler à lui, en donnant plus à penſer en peu de lignes ſur les vrais principes de la peinture que de longs ouvrages. S'il laiſſe deſirer quelquefois plus de clarté comme Philoſophe, combien ne dedommage-t-il pas comme artiſte, lors qu'il expoſe ſes procédés, ſes principes, & qu'il fait admirer l'énergie, le gout épuré, la fineſſe qu'on a droit d'attendre de celui que ſes contemporains appellent le Raphaël de ſon Siécle.

Me ſera-t-il permis de revenir à moi après m'être élevé ſi haut? Oſerais-je remplir ma promeſſe? moi, qui n'ai fait que les premiers pas dans la carriere, & qui me trouverai peut-être arrêté par des occupations & des circonſtances forcées. Mais je me ſuis engagé, c'eſt au nom de l'amitié; l'amitié ſera mon excuſe.

Vous ſcavez que le ſort ne ſemblait pas me deſtiner à pratiquer la peinture. Cependant un penchant naturel, marqué dans ma premiere jeuneſſe par des Eſſais continuels, ſemblait indiquer que la nature ne s'accordait point ſur cet objet avec des circonſtances d'état qui ne dépendent point d'elle. Je crayonnais donc dans mon enfance tout ce qui s'offrait à moi, ſans pouvoir deviner alors ce que ſignifiaient ces avertiſſemens, & ſans qu'on y fit aſſez d'attention pour les mettre à profit; je ne fis aucun progrès, mon gout ſe ralentit, mes plus belles années s'écoulérent; mais les beautés de la nature, les excellentes imitations de ce grand modéle ne ceſſaient point de faire ſur moi les impreſſions les plus vives.

 J'avais

J'avais abandonné le crayon ; une impulsion secrette me fit prendre la plume, & par ce moyen dont la pratique m'offrait moins d'obstacles, j'imitai des scénes naïves, des beautés pitoresques, enfin les charmes de la nature qui me touchaient le plus.

Cependant une collection choisie que possedait mon beau pere, * reveilla en moi la passion du dessein, & vers ma trentiéme année j'essayai de mériter dans ce genre d'imitation l'indulgence & s'il se pouvait le suffrage des artistes & des connaisseurs.

Ce fut au Paysage que mon penchant me fixa : je cherchai avec ardeur les moyens de satisfaire mes desirs, & embarassé de la route que je devais tenir, je dis, il n'est qu'un seul modele, il n'est qu'un seul maitre, & je me mis à dessiner d'après nature. Mais j'appris bientôt que ce grand & sublime maitre ne s'explique clairement qu'à ceux qui ont appris à l'entendre. Mon éxactitude à le suivre en tout m'égara : je me perdais dans des détails minutieux qui detruisaient l'effet de l'ensemble ; je ne saisissais pas cette maniere de rendre qui sans être servile ni lechée, exprime le veritable caractère des

* Mr. Heidegguer Conseiller d'etat à Zuric.

des objets. Mes arbres étaient deſſinés avec ſéchereſſe & ne ſe détachaient point par maſſes. L'enſemble était interrompu par un travail ſans goût. En un mot mon œil trop fixé ſur un point, n'était point éxercé à embraſſer un eſpace. J'ignorais cette adreſſe qui ajoute ou retranche dans les parties que l'art ne peut atteindre. Mon premier progrès fut donc de m'appercevoir que je n'en faiſais pas ; le ſecond d'avoir recours aux grands maitres & aux principes qu'ils ont établis par leurs préceptes ou leurs ouvrages ; & cette marche n'eſt-elle pas celle qui eſt naturelle à tous les arts? Les premiers qui les ont cultivés ſont tombés dans la ſéchereſſe qu'on leur reproche, par une éxactitude trop grande à imiter la nature, dont ils ſentaient, pour ainſi dire, trop en détail les beautés. En effet ces détails ſont éxécutés par nos premiers peintres d'une maniere auſſi finie dans les objets ſubordonnés que dans les parties les plus ſaillantes. Ceux qui les ont ſuivis ont remarqué ces deffauts, on a ſenti qu'une imitation caractériſtique était plus intereſſante que l'imitation des parties. Les idées de maſſes, d'effets, d'ordonnance ſe ſont offertes : ces idées ont produit des principes, & les grands peintres ſe ſont dirigés à un

effet

effet général comme les poëtes à un intérêt dominant.

Je m'occupai donc à étudier les grands maitres, à faire un choix entre eux & à ne m'attacher ſurtout qu'aux meilleurs ouvrages. Car je ſentis que ce qui eſt le plus nuiſible dans l'étude des modéles c'eſt le médiocre. Le mauvais frappe & repouſſe ; mais ce qui n'eſt ni bon ni abſolument mauvais trompe en offrant une facilité ſeduiſante & dangereuſe. C'eſt par cette raiſon que la gravure qui pourrait contribuer au progrès des arts, ſi elle s'occupait d'avantage du choix des originaux, & de la maniere de les bien rendre, peut être nuiſible par la quantité d'ouvrages médiocres qu'elle multiplie ſans ceſſe. Combien de productions de cet art ont éxigé le travail d'une année, qui ne méritent pas l'attention d'un moment! Mais que Raphaël ſoit traduit par un ſçavant burin, qu'un jeune Artiſte s'aide de ce ſecours, bientôt il ne pourra ſupporter les ouvrages ſans nobleſſe & ſans expreſſion; il ſentira juſqu'où peut s'élever l'excellence de l'art. Le moyen de connaitre & de fuir le médiocre eſt la méditation & l'imitation des beaux ouvrages, ou à leur défaut des plus belles traductions qu'on en a faites, car c'eſt ainſi qu'on peut deſigner les belles Eſtamtampes. Faites etudier à un jeune dessinateur les têtes de Raphaël, il ne verra qu'avec dégoût les figures mesquines des peintres médiocres. Mais si vous le nourrissez premierement de ces substances insipides n'aura-t-il pas bientôt perdu le gout necessaire pour sentir l'excellence de l'Antinoüs & de l'Apollon. L'un marchera avec sûreté dans la carriere, l'autre chancellera continuellement dans sa route & ne connaitra pas même sa faiblesse.

C'est d'après ces reflexions que, me guidant sur les pas des maitres, j'osai me créer une methode. Mon premier precepte fut de passer d'une partie principale aux autres, sans m'arrêter à vouloir saisir tout à la fois les details infinis que j'appercevais dans chacune. Je m'accoutumai par ce moyen à dessiner ou plutôt à disposer les arbres par masses en choisissant Waterloo pour modelle; plus je meditai cet artiste, plus je trouvai dans ses païsages le vrai caractere de la nature, & plus cette decouverte me frappa, plus je trouvai de plaisir à l'imiter. Ce fut donc à lui que je dus enfin la facilité de rendre mes propres pensées, mais c'etait en empruntant son stile. Alors pour éviter ce qu'on nomme maniere, je hazardai de mettre plus de varieté dans mes études, & d'asso-

cier

cier à mon premier maitre des artiſtes dont le goût différent du ſien avaient cependant comme lui le naturel & la vérité pour objet.

Swanefeld & Berchem preſiderent tour-à-tour à mes travaux ; ſemblable à l'Abeille, je cherchai du miel ſur pluſieurs fleurs ; je conſultai, j'imitai, & revenant à la nature, partout où je trouvais un arbre, un tronc, un feüillage qui attirait mes regards, qui fixait mon attention, j'en faiſais des eſquiſſes, plus ou moins terminées. Par ce procedé, je joignis à la facilité, l'idée du caractere ; & je me formais une maniere qui me devenait plus perſonelle. Il eſt vrai qu'un premier penchant me ramenait ſouvent à mon premier guide ; je retournais à Waterloo lors qu'il s'agiſſait de la diſpoſition des arbres ; mais Berchem & Salvator Roſa obtenaient la préférence, lorſqu'il s'agiſſait de diſpoſer des terraſſes & de caracteriſer des Roches. Meyer, Ermels & Hakert m'aidaient à diſtinguer les verités de la nature, & le Lorrain m'inſtruiſait du beau choix des Sites & du bel accord des fonds. J'appris en l'étudiant à imiter les campagnes verdoyantes, les doux lointains & ces degradations admirables par l'artifice caché de leurs nuances. Enfin j'eus recours à Wou-

wermans

wermans pour ces fuyans legers & ſuaves qui éclairés par une lumiere moderée & revêtus d'un tendre gazon, n'ont de deffaut que de paraitre quelquefois trop veloutés.

Paſſant ainſi de l'imitation variée à l'obſervation constante, retournant enſuite à la nature, je ſentis enfin que mes efforts devenaient moins penibles. Les maſſes & les formes principales ſe developaient à mes yeux; des effets que je n'aurais point vus, me frappaient: j'allai juſqu'à rendre d'un ſeul trait, ce que l'art ne ſaurait detailler ſans ſe nuire; ma maniere dévénait expreſſive. Combien de fois avant ces premiers progrès, j'avais cherché, ſans les trouver, des objets favorables à l'imitation; combien il s'en offrait à mes yeux! Ce n'etait pas cependant que chaque ſite ou chaque arbre réunit toute la beauté pittoreſque que je pouvais deſirer; mais mon œïl exercé ne voyait plus d'objèts ſans y demêler des formes, qui me plaiſaient, ou des caracteres qui fixaient mon attention. Je n'appercevais plus d'ombre, qui n'eût quelque branche bien jettée, quelque maſſe de feüillage agréablement diſpoſée, quelque partie du tronc dont la ſingularité fut piquante. Une pierre iſolée me donnait l'idée d'un Rocher, je l'expoſais au ſoleil ſous le point de vuë le plus relatif à ma penſée, & donnant dans ma penſée plus d'étenduë aux proportions, j'y decouvrais les plus brillans effets du clair-obſcur, des demi-teintes & des reflets. Mais lorſque de cette maniere nous recherchons nos parties dans la nature, nous devons nous garder de ne pas nous laiſſer entrainer trop par le ſingulier. Recherchons le beau & le noble dans les formes en menageant avec gout les formes qui ne ſont que biſares. C'eſt l'idée de la noble ſimplicité de la nature qui doit modérer un eſſor qui porterait l'artiſte au goût du merveilleux, à l'exageration, peut-être même au chimerique, & l'eloignerait par-là du vraiſemblable qui eſt la verité des imitations.

Quant à la maniere dont j'executais mes études, elles n'étaient ni des deſſeins rendus ni de ſimples eſquiſſes. Plus une partie de mon ſujet me ſemblait intereſſante, plus j'en terminais au premier coup la repreſentation.

Il eſt des artiſtes qui ſe contentent de derober à la hâte par de ſimples Croquis, un tableau rendu que la nature leur preſente. Ils reſervent de ſuppléer à loiſir ce qui manque à leur eſquiſſe. Qu'arrive-t-il? L'habitude de leur maniere l'emporte ſur l'idée qu'ils ont

priſe

prise trop légérement, & le caracteristique de l'objèt s'echappe & disparait. Qui pourra supléer à ce merite? ce ne sera ni la magie du Coloris, ni les effets du clair-obscur : ils pourront séduire un moment ; mais l'œil severe cherchera le vrai, le naturel, & ne le trouvant point se detournera de l'ouvrage avec dédain.

Mais si je voulais faire usage de mes etudes faites d'après la nature dans l'invention d'un ensemble, j'y trouvais dequoi m'intimider & m'embarasser, je tombais dans ces details factices qui ne s'accordaient plus avec la simplicité & la verité des parties que j'avais derobées à la nature. Je ne voyais pas dans mes paysages le grand, le noble, l'harmonie, cet effet touchant dans l'ensemble. J'etois donc obligé d'avoir recours aux maitres, qui me parurent exceller le plus dans la composition.

Everdinghen, que je n'ai point encor nommé m'offrit souvent alors cette simplicité champêtre qui plait même dans les contrées où regne la plus grande varieté ; je trouvai dans ses ouvrages, des torrens impetueux, des Roches brisées & couvertes d'épaisses broussailles, des lieux agrestes où la pauvreté trouve un azile heureux dans la plus simple chaumiere.

Cependant si sa touche hardie & spirituelle était capable de m'inspirer, je ne crus pas qu'il fut le seul dont il fallait suivre l'exemple. Je pensai même qu'il n'était pas inutile d'avoir appris, avant de l'imiter, à peindre les rochers dans un meilleur gout. Dietrich me l'enseigna. Les morceaux qu'il a composés dans ce genre sont tels qu'on dirait que c'est Everdingen qui les a faits, mais qu'il s'est surpassé lui même.

Swanefeld à son tour m'offrit la noblesse des idées. J'admirai l'effet prodigieux de son execution & celles des lumieres refletées qui rejaillissent d'une maniere si piquante sur ses grandes masses d'ombres. Salvator Rosa m'entrainait souvent par la chaleur & la fougue de son genie; Rubens par la hardiesse de ses compositions, par le brillant de son coloris, par le choix de ses sujets. Mais les deux Poussins & Claude Lorrain m'attacherent enfin uniquement. C'est dans leurs ouvrages que je trouvai jointes la noblesse & la verité. Ce n'est pas une simple & servile imitation de la nature. C'est un choix du beau le plus sublime & le plus interessant. Un genie poetique reunit dans les deux Poussins tout ce qui est grand, tout ce qui est noble. Ils nous transportent dans

dans ces tems pour lesquels l'hiſtoire & ſurtout la Poëſie nous rempliſſent de veneration, dans ces Païs où la nature n'eſt point ſauvage mais ſurprenante dans ſa varieté ; où ſous le ciel le plus heureux chaque plante acquiert toute ſa perfection. Les fabriques qui ornent les tableaux de ces artiſtes celebres offrent le gout épuré de l'architecture antique. Les figures ont le maintien noble, la demarche aſſurée ; c'eſt ainſi que nous nous repreſentons les Grecs & les Romains, lorſque notre imagination dans l'enthouſiasme de leurs grandes actions ſe tranſporte aux ſiecles de leur gloire & de leur proſperité. Le calme & l'aménité regnent ſurtout dans les contrées qu'a ſçu créer le pinceau du Lorrain. La ſeule vuë de ſes tableaux excite cette émotion douce, ſes ſenſations délicieuſes que le ſpectacle d'une nature choiſie a droit de porter dans notre ame. Ses campagnes ſont riches ſans confuſion ; elles ſont variées ſans deſordre, mais toutes preſentent l'idée de la paix & du bonheur. C'eſt toujours une terre fortunée qui prodigue ſes bienfaits à ceux qui l'habitent, un ciel pur & ſerein ſous lequel tout germe & tout fleurit. Non content de me remplir des principes & des beautés que m'offraient les

ouvra-

ouvrages de ces grands maitres de l'art, j'eſſayai de retracer de memoire les principaux traits qui m'avaient frappé dans ces beaux modeles. Je copiai quelques uns de leurs ouvrages & je conſerve ces eſſais qui me rappellent & la route que j'ai ſuivie & les guides qui me l'ont ouverte. De cette methode que je m'étais formée, il m'eſt reſté l'habitude utile de tracer, pour en mieux garder le ſouvenir, les compoſitions & les ſites des ouvrages qui m'intereſſent particulierement. Peut-etre regardera-t-on ce ſoin comme ſuperflu, puiſque les gravures faites d'après les plus beaux tableaux pourraient m'en donner des images plus exactes. Mais la peine que j'ai priſe, lorſque je les ai tracées moi même, m'en fait conſerver une idée plus durable. Combien de collections d'eſtampes & de deſſeins reſſemblent à ces nombreuſes bibliotheques dont les profeſſeurs ne tirent aucun profit!

Cependant lorſque je m'étais attaché trop longtemps à penſer d'après les maitres que j'avais choiſis, j'éprouvais une timidité plus grande. S'agiſſait-il d'inventer, ſurchargé, pour ainſi dire, des grandes idées des celebres artiſtes, je reconnaiſſais ma foibleſſe & humilié de mon

mon peu de force, je ſentais combien il était difficile de les atteindre. Je remarquais combien par une imitation trop continuë l'imagination perd ſon eſſor. Le celebre Frey en eſt un exemple; & le plus grand nombre des graveurs confirme cette obſervation. En effet les ouvrages de leur compoſition ſont en general ce qu'ils ont fait de plus mediocre. Occupés ſans-ceſſe à rendre les idées des autres, aſtreints à les copier avec la plus ſcrupuleuſe exactitude, cette hardieſſe, cette fougue d'imagination, ſans laquelle on n'invente point, s'affäiblit ou ſe perd. Effrayé par ces reflexions j'abandonnai mes originaux, je quittai mes guides & me livrant à mes propres idées, je me preſcrivis des ſujets, je me donnai des problêmes à reſoudre. Je cherchai à connaitre ainſi ce qui pouvait mieux convenir à mes faibles talents. J'obſervais ce qui m'était le plus difficile & je decouvrais à quelles études il me fallait deſormais porter ma plus grande attention. Alors les difficultés commencérent à diſparaitre. Mon courage s'augmenta. Je ſentis que mon imagination s'étendait en prenant des forces. Malheur aux artiſtes & aux Poetes, ſerviles eſclaves de leurs modeles. Ils reſſemblent à l'ombre qui ſuit le corps juſques

jusques dans ses moindres mouvemens. Je me gardai bien cependant d'abandonner l'usage que je m'etais fait de derober à la nature, un trait, un souvenir de ce qu'elle m'offrait de singulier, de piquant ou d'agreable. Toujours fourni de ce qui m'etait necessaire, toujours attentif à ce qui se presentait à mes yeux, n'ayant point honte de me retirer un moment à part pour remplir mes tablettes, un tableau, une estampe, un site, un effet, un grouppe, une phisionomie, tout me payait tribut, & mes esquisses ou mes croquis même étaient pour mon imagination une espece de chiffre qui lui rappellait des idées dont sans cela la trace rapide & legere se serait infailliblement échappée. Une pensée conçuë dans la premiere chaleur, un effet dont on est rempli au premier coup d'œïl ne sera jamais aussi bien rendu que par le trait qu'on en forme à l'instant qu'on en est frappé. Dans ces premieres émotions si precieuses à saisir, il n'est pas jusqu'au mediocre qui ne puisse occasionnner quelque pensée heureuse. Quel Poete n'a pas enfanté quelquefois un bon vers dont un vers mediocre lui donnait l'idée ! C'etait un diamant informe. Il l'a brillanté. Les œuvres de Merian, à qui l'on ne rend

pas

pas aſſez de juſtice, renferment des verités priſes ſur la nature avec le plus beau choix. Qu'eſt-ce qui peut donc deguiſer leur merite? le ton inſipide de l'execution. Donnez à ſes arbres & à ſes fonds la legereté de Watterloo; repandez ſur ſes rochers & ſur toute ſa compoſition plus de varieté, vous verrez naitre des effets brillans dont l'éclat & l'agrément feraient honneur au genie & dont la diſpoſition & les fonds ſe trouvent tout entiers dans Merian.

Mais ce n'eſt pas aſſez d'avoir ſans ceſſe ſous les yeux & la nature & les excellens ouvrages des grands maitres. Liſez encore l'hiſtoire de l'art & celle des artiſtes. Cette lecture étend le cercle de nos connaiſſances, elle nous rend attentifs aux differentes revolutions arrivées dans l'empire des arts. Elle porte ceux qui les exercent à s'occuper plus fortement de ce qui doit être leur objèt principal. Comment ne pas s'intereſſer au ſort d'un homme dont nous admirons les talens? Comment ne pas rechercher & voir avec interet les ouvrages d'un homme dont le caractere & le ſort nous ont touchés? Pourrait-on connaitre la véneration avec laquelle on parle des grands artiſtes & de leurs ouvrages immortels, ſans concevoir une plus haute idée de l'importance de l'art ? Peut on être inſtruit de l'ardeur infatigable avec laquelle ils ont travaillé, pour atteindre la perfection, ſans ſe ſentir ſoulagé des peines que l'on a priſes ? juſques à leurs fautes nous inſtruiſent, juſques à leurs malheurs nous attachent.

Mais puiſque je me ſuis écarté de la pratique de l'art pour m'étendre à quelques idées théoriques, puiſque j'indique les moyens de nourrir l'imagination & d'élever le genie, je dois recommander aux jeunes artiſtes la lecture des bons Poëtes. Quel ſecours peut leur être plus utile pour épurer leur gout, exalter leurs idées & féconder leur imagination ? Le Poëte & le Peintre rivaux & amis empruntent de la même ſource, puiſent dans la nature & ſe communiquent leurs richeſſes, tous deux ſuivant des regles analogues. De la varieté ſans confuſion. Voilà le grand principe de toutes leurs compoſitions. Enfin la même delicateſſe de tact & de gout doit les guider dans le choix des circonſtances, des images, des details & de l'enſemble. Que d'artiſtes feraient plus heureux dans leur choix, que de Poëtes mettraient plus de verité dans leurs tableaux & de pittoreſque dans leur expreſſion, ſi les uns & les autres ſavaient réunir la connaiſſance approfondie des deux arts.

Les anciens & ſurtout les Grecs dont la langue eſt ſi poëtique, dont

dont les tableaux ſont ſi vrais ne connaiſſaient point la belle facilité de nos Poëtes modernes qui pour avoir entaſſé des images & des figures priſes au hazard, oſent s'attribuer le mot du Correge & s'ecrient, nous auſſi ſommes des Peintres. Qu'ils liſent ce que Mr. Webb a écrit ſur le beau dans la peinture. Rien ne prouve mieux ce que j'avance que la maniere dont il developpe ſes principes. Il les éclaircit preſque toujours par quelque paſſage tiré des grands Poëtes de l'antiquité, & nous montre ainſi que ces genies ſuperieurs ont vraiement connu le beau & le ſublime des arts, bien eloignés ſans doute de l'idée que s'en forment ceux de nos Poëtes qui s'adreſſent à Durer pour peindre les graces où à Rubens pour rendre cette beauté idéale qui doit caractériſer une Déeſſe ou le plus haut degré de la beauté d'une mortelle.

Mais pour revenir aux arts dont je m'occupe; que je plains le Païſagiſte inſenſible que les peintures ſublimes de Tomſon ne peuvent inſpirer! En liſant les deſcriptions de ce grand maitre on croit voir les tableaux de nos plus fameux artiſtes. On pourrait tranſporter ſur la toile & réaliſer ce qu'il décrit dans ſes ſcenes variées, c'eſt tantôt la ſimplicité de Berchem, de Potter ou de Roos, tantôt la grace & l'amenité de Lorrain, ſouvent l'on y retrouve ce caractere noble & grand du Pouſſin, & par des

 oppoſi-

oppoſitions ſi précieuſes pour l'effet, le ton melancolique & ſauvage de Salvator Roſa. Qu'il me ſoit permis de rappeller à cette occaſion un de nos Poëtes preſque oublié ; Brockes qui obſervant la nature juſques dans ſes details, doüé d'un ſentiment vif & delicat, recevait les impreſſions les plus douces & ſe ſentait ému des moindres circonſtances. Une plante couverte de roſée & frapée par l'eclat du ſoleil allumait ſon enthouſiasme. Un oiſeau inquiet du ſort de ſes petits le rempliſſait d'interet. Ses tableaux, il eſt vrai, trop recherchés peuvent être juſtement critiqués, mais ils ne ſont pas moins un riche magazin de peintures & d'images, empruntées de la nature & dans leſquelles elles ſe reconnaiſſent comme dans une glace fidelle qui ne ſupprime rien de ce qui lui eſt offert.

Faudra-t-il donc, diront quelques artiſtes en laiſſant échapper un ſourire ironique, faudra-t-il donc joindre à tant d'études qui nous ſont neceſſaires, celles qui appartiennent aux litterateurs & aux ſavans? faudra-t-il lire ou peindre ? Si vous faites cette queſtion, quel beſoin d'y repondre ? Ah! vous peindrez ſans aucun ſecours les débris d'une étable & des païſans yvres. Efforcez vous alors de prodiguer les effets du clair-obſcur & la magie de la couleur, vous aurez au moins ſans fatiguer votre genie le merite d'une exécution brillante ; mais

n'aſpirez

n'aſpirez pas à flatter l'eſprit & à toucher les ames. N'exigez que des yeux le tribut qui n'eſt du qu'à la main.

Voilà, mon cher ami, les obſervations que mes études m'ont occaſionnées. Voici le plan que je me ſuis formé. Le ſuccès ne depend point de mes ſeuls deſirs. Ce n'eſt point à moi, c'eſt au public qu'eſt reſervé le droit de me juger. Mais je crois avoir celui d'avancer que la methode la plus prompte & la plus ſure eſt de travailler alternativement d'après les chefs d'œuvres des grands maitres & d'après la nature, & d'apprendre ainſi à comparer la plus belle expreſſion de l'art avec la nature même & les beautés de la nature avec les reſſources de l'art.

Si dans les circonſtances où je me ſuis trouvé, il ne m'a pas été poſſible de parvenir plus loin, au moins j'ai ſenti avec un reſpect religieux combien de reflexions & d'etudes ſont neceſſaires pour atteindre les ſublimes hauteurs d'un art divin. Quel ſera donc le ſort de ceux qui ne joindront pas le travail obſtiné à la meditation habituelle ? Que l'artiſte qui mepriſe ou neglige ces grands moyens, renonce à la recompenſe qui n'eſt duë qu'aux ames actives & ſenſibles. Il n'eſt point de reputation pour lui, ſi le gout de ſon art ne devient point une paſſion violente ; ſi les heures qu'il employe à le cultiver ne ſont pas les plus delicieuſes de ſa vie, ſi l'etude n'eſt pas ſa veritable exiſtence &

 ſon

ſon premier bonheur, ſi la ſocieté des artiſtes n'eſt pas celle qui lui plait le plus, ſi la nuit même les idées de ſon art n'occupent pas ou ſes veilles ou ſes ſonges, ſi le matin il ne vole pas à ſon attelier avec un nouveau tranſport; malheur à lui ſurtout s'il ſe borne à flatter le mauvais gout de ſon ſiecle, s'il ſe complait dans les frivolités applaudies, s'il ne travaille pas pour la veritable gloire, pour la poſterité. Jamais elle ne fera mention de lui, jamais ſon nom ne ſera repeté, jamais ſes ouvrages n'echaufferont les déſirs ou ne toucheront l'ame des mortels fortunés qui cheriſſent les arts, qui honorent leurs favoris & qui recherchent leurs ouvrages. --

Cette lettre paſſe déja les bornes que je m'etais preſcrites. Souffrez cependant, Monſieur que j'y joigne encore les ſouhaits que je forme depuis longtems pour une entrepriſe qui contribuerait ſans doute au progrès des arts du deſſein.

Les jeunes artiſtes me paraiſſent deſirer des methodes claires & conciſes qui les guident. Je ſouhaiterais que l'on compoſat des livres d'elemens à l'uſage des eleves & des maitres. Nous avons quelques ouvrages excellens. Mais ils ne ſont ni aſſez ſimples ni aſſez pratiques pour ceux qui commencent. Dans l'ouvrage que je propoſe il faudrait premierement expoſer les regles fondamentales de l'art avec toute la clarté & toute la preciſion

cision possible ; il faudrait ensuite les appliquer à différens exemples ; il serait necessaire que ces exemples fussent tirés des gravures faites d'après les meilleurs tableaux des grands maitres. Pour châque branche de l'art on developperait la methode la plus sure, on indiquerait les principaux ouvrages & les plus fameux artistes de ce genre. Les elemens de Preysler sont presque generalement adoptés dans l'Allemagne. On en tourmente les jeunes gens ; cependant les contours de ce maitre sont souvent incorrects. Ses têtes ont un caractere commun. Quelques elemens de dessein qui ont paru dans les païs où l'on exerce les arts présentent des exemples qui ne peuvent guider surement les jeunes artistes, parceque le trait en est trop negligé, & que la correction est la base sur laquelle doit s'établir l'instruction. Je pense qu'il serait encore important d'ajouter aux methodes dont je viens de donner l'idée, un recueil de descriptions exactes des meilleurs tableaux qui existent en tout genre & des gravures de ces tableaux faites avec le plus grand soin. Un examen de ces ouvrages d'après les veritables principes de l'art serait une excellente leçon. Il est vrai qu'il serait difficile de l'etendre jusques à la couleur. Mais l'accord du clair-obscur y pourrait être discuté, & des observations sur le rapport qu'il a avec l'harmonie du coloris suppléeraient en

partie

partie à ce qu'on pourrait desirer & ne pourraient manquer d'interesser & d'instruire l'artiste & le connaisseur. Il serait essentiel dans le plan que je propose de ne choisir que les meilleures compositions de chaque age ; il ne faudrait s'attacher qu'à celles où se remarque particulierement le caractere de leur tems & de leur école.

Les descriptions que l'on trouve dans le livre de Boydels, dans les écrits de Winkelman, de Hagedorn, de Richardson & de quelques autres pourraient servir de modeles. Celle du tableau d'autel, du Chev. Mengs, à Dresde, inserée dans la bibliotheque des Belles-lettres & des beaux arts. Tom. III. est un chef d'œuvre qui suppose la connoissance la plus profonde de toutes les parties de l'art. Aussi l'ouvrage dont je trace l'idée ne peut être utile qu'autant qu'il sera traité par les plus grands artistes ou les connaisseurs les plus instruits. Ce n'est qu'aux Hagedorns, aux Casanoves, aux Wattelets, aux Cochins &c. qu'il est permis de l'entreprendre.

Le prix actüel de ce volume est de 24. Liv. de France.

INV. RÉSERVE
Yh 66

www.ingramcontent.com/pod-product-compliance
Lightning Source LLC
LaVergne TN
LVHW010557110826
845149LV00003B/686

* 9 7 8 2 0 1 3 7 2 5 9 7 2 *